音数で引く 夏

俳句歳時記

Naoki Kishimoto
岸本尚毅＝監修

西原天気＝編

草思社

音数で引く俳句歳時記・夏

岸本尚毅監修・西原天気編

はじめに

岸本尚毅

俳句は五七五の定型詩です。五七五の形にきれいに並んだ言葉の美しさは俳句の大きな魅力です。四季折々の風物である季語を詠みこむこともまた、俳句の魅力です。さらにいえば、俳句の魅力は叙景です。人事句の面白さを否定するつもりはありませんが、簡潔な言葉で情景を表現できたときの喜びは大きい。たとえば、こんな句があります。

舟に乗る人や真菰に隠れ去る　高浜虚子

この句は、昭和三十一年に出た虚子自選の岩波文庫『虚子句集』に昭和八年制作の作品として掲載されています。いっぽう「ホトトギス」昭和八年八月号には、次のような形で載っています。

舟に乗る人夏草にかくれけり

昭和八年六月四日、「武蔵野探勝会」の牛久沼吟行のさい、虚子は「舟に乗る人夏草にかくれけり」をその日の句会に投じました。その後、「舟に乗る人や眞菰に隠れ去る」と推敲したのです。

推敲のポイントの第一は「夏草」という季語です。舟に乗るような場所ですから「夏草」では漠然としている。「夏草」より、水辺に生えているような草の名前を詠みこんだほうがよさそうです。

推敲のポイントの第二は動詞です。「かくれけり」では姿が隠れただけですが、「隠れ去る」とまで言うと、舟のほうへ人が去ってゆく後ろ姿が想像されます。

推敲のポイントの第三は調子です。「舟に乗る人○○○○に隠れ去る」（たとえば「舟に乗る人青蘆に隠れ去る」）より「舟に乗る人や○○○に隠れ去る」のほうが、言葉がなめらかです。さて、この○○○にあてはまる季語がうまく見つかるでしょうか。夏の水辺に生える草で、丈が高く、しかも三音のもの。虚子はおそらく、最初「夏草」と詠んだものが、じつは「真菰」だったと思い定めて「夏草」を「真菰」に改めたのでしょう。

句作りの基本はあくまでも実景ですが、その実景をよりリアルなものにするための推敲も句作りの楽しみです。虚子の「舟に乗る」の句のように、音数を変えながら、その情景によりふさわしい季語に置き換える場合、『音数でひく俳句歳時記』が句作や推敲の助けとなります。

この本が読者の皆さんに、季語との良き出会いをもたらすことを期待しています。

目次

9音の季語 193

10音以上の季語 196

凡　例

●本書は、夏（立夏から立秋の前日まで）の季語を対象にしています。初夏・仲夏・晩夏の区別はおおむね新暦五月・六月・七月に対応しています。

●見出し語の下に、読みを、現代仮名遣い・歴史的仮名遣いの順で記しています（同じ場合は前者のみ）。

●見出し語のあとに関連季語を音数別に挙げ（例：鯖　3音　鯖火《さばび》　4音　鯖釣《さばつり》　鯖船《さばぶね》）、続いて、見出し語と同じ音数の関連季語を立項しています。関連季語は、それぞれの音数にしたがい、所定の章にも立項し、主要季語のページ数を記しています。

●音数は俳句の通例に従い、拗音《ようおん》（きゃ、しゅ、ちょ等）、撥音《はつおん》（ん）、促音《そくおん》（っ）を1音と数えています。
例：炎暑（えんしょ）＝3音　熱帯魚（ねったいぎょ）＝5音

●振り仮名は原則として現代仮名遣いを用いています。ただし送り仮名が歴史的仮名遣いの場合は振り仮名も歴史的仮名遣いとしています。例：咥へる＝咥《くは》へる

●例句は、元の掲載時に振り仮名がない場合も、適宜、難読語等に振り仮名を記しています。

●季語についての解説は、本書の用途の性質上、最小限にとどめています。

1音の季語

1音 時候

暑 しょ　三夏　⇩暑し（22頁）

例 暑に負けてみな字忘れて仮名書きに　星野立子

1音 生活

紗 しゃ　晩夏　⇩羅《うすもの》（55頁）

絽 ろ　晩夏　⇩羅（同右）

1音 動物

鵜 う　三夏

鵜飼《うかい》（30頁）で使うのは川鵜。全体に黒色で首が細長い。

例 暁や鵜籠に眠る鵜のつかれ　正岡子規

3音 **海鵜《うみう》　川鵜《かわう》／河鵜《かわう》**

蚊 か　三夏

例 音楽で食べようなんて思ふな蚊　岡野泰輔

例 掌やぺしやんこの蚊の欠くるなく　加田由美

3音 **藪蚊《やぶか》　縞蚊《しまか》　蚊粒《かつぶ》**

4音 **蚊柱《かばしら》　昼《ひる》の蚊《か》　蚊《か》の声《こえ》　蚊《か》を追《お》ふ　蚊《か》を打《う》つ　蚊《か》を焼《や》く**

5音 **赤家蚊《あかいえか》　蚊《か》の唸《うな》り**

蛾 が　三夏

例 蛾打ち合ふ音にはなれて眠りたり　臼田亞浪

例 白壁に蛾がをり輸血終りたる　山本雄示

2音 **火蛾《ひが》／灯蛾《ひが》　火蛾《ほが》**

3音 **灯蛾《とうが》　燭蛾《しょくが》　刺蛾《いらが》　蓑蛾《みのが》**

4音 **火取蛾《ひとりが》**

2音の季語

2音　時候

夏　なつ　三夏

例　立読みの少年夏は斜めに過ぎ　八田木枯

例　かの夏に未だとどまる喫茶かな　依光陽子

例　空母ゐて記念切手のやうな夏　草野早苗

例　世の夏や湖水にうかむ浪の上　芭蕉

例　算術の少年しのび泣けり夏　西東三鬼

3音　**炎夏**《えんか》　**三夏**《さんか》　**九夏**《きゅうか》　**夏場**《なつば》

4音　**炎帝**《えんてい》　**蒸炒**《じょうそう》

朱夏　しゅか　三夏　⇨夏

例　ひんやりとしゅりんと朱夏の宇宙駅　攝津幸彦

初夏　しょか　初夏

例　新潟の初夏はよろしや佐渡が見え　高浜虚子

例　初夏に開く郵便切手ほどの窓　有馬朗人

3音　**孟夏**《もうか》

4音　**初夏**《はつなつ》

5音　**夏初**《なつはじ》**め**

首夏　しゅか　初夏　⇨初夏

夏至　げし　仲夏

六月二一日頃。また期間として二十四節気の一つでその日から約一五日間。

例　風の木のそのまま夏至の日暮れの木　岸田稚魚

例　地下鉄にかすかな峠ありて夏至　正木ゆう子

例　夏至今日と思ひつつ書を閉ぢにけり　高浜虚子

季夏　きか　晩夏　⇩晩夏（21頁）

暑気　しょき　三夏　⇩暑し（22頁）

炎ゆ　もゆ　晩夏

灼く　やく　晩夏

2音　天文

南風　はえ　三夏

3音 **正南風《まはえ》**

4音 **南東風《はえごち》**　**南西風《はえにし》**

まじ　まじ　三夏

南風または南西風。「油まじ」「桜まじ」は春の季語。

まぜ　三夏　⇨まじ

あい　三夏　⇩あいの風（101頁）

だし　だし　三夏

海岸から沖へと吹く夏の風。

梅雨　つゆ　仲夏

例 梅雨の海静かに岩をぬらしけり　前田普羅

例 爆撃機に乗りたし梅雨のミシン踏めり　三橋鷹女

3音 **梅雨《ばいう》／黴雨《ばいう》**

4音 **梅霖《ばいりん》**　**青梅雨《あおづゆ》**　**荒梅雨《あらづゆ》**　**長梅雨《ながづゆ》**　**梅雨時《つゆどき》**

5音 **墜栗花雨《ついりあめ》**　**男梅雨《おとこづゆ》**　**女梅雨《おんなづゆ》**　**梅雨湿《つゆじめ》り**

6音 **五月曇《さつきぐもり》**

7音 **梅雨前線《ばいうぜんせん》**

喜雨　きう　晩夏

日照り続きのあとに降る雨。

海霧　じり　三夏

太平洋上に南風がもたらす霧。

虹　にじ　三夏

例 かつてこの入江に虹といふ軋み　小津夜景

例 虹見せてもらう私とペリカンと　長谷川裕

例 熱さめて虹のうぶ毛のよく見ゆる　八田木枯

4音 **朝虹《あさにじ》**　**夕虹《ゆうにじ》**　**虹立《にじた》つ**　**虹《にじ》の輪《わ》**　**白虹《びゃっこう》**

5音 **虹《にじ》の帯《おび》**　**虹《にじ》の梁《はり》**　**虹《にじ》の橋《はし》**　**二重《ふたえ》虹《にじ》**

雹　ひょう　三夏

雷雨とともに降ってくる氷の粒、氷塊。

2音

3音 **氷雨**《ひさめ》

雷 らい 三夏 ⇩雷《かみなり》（52頁）

2音 地理

滝 たき 三夏

例 滝落ちて群青世界とどろけり 水原秋櫻子

例 滝の上に水現れて落ちにけり 後藤夜半

3音 **瀑布**《ばくふ》 **飛瀑**《ひばく》 **男滝**《おだき》 **女滝**《めだき》 **滝見**《たきみ》

4音 **滝壺**《たきつぼ》 **滝風**《たきかぜ》 **滝道**《たきみち》 **滝殿**《たきどの》 **滝浴**《たきあび》 **滝垢離**《たきごり》

5音 **滝**《たき》**しぶき** **滝**《たき》**の音**《おと》 **夫婦滝**《めおとだき》 **滝見茶屋**《たきみぢやや》 **滝涼**《たきすず》**し** **滝行者**《たきぎようじや》

2音 生活

ネル 初夏

軽く軟らかい毛織物。フランネル（英語）の略。

セル 初夏

薄手の毛織物。セルジ（オランダ語）から。

例 セルの袖煙草の箱の軽さあり 波多野爽波

太布 たふ 三夏 ⇩生《き》布《ぬの》（25頁）

鮓／鮨 すし 三夏

3音 **すもじ**

4音 **巻鮓**《まきずし》 **押鮓**《おしずし》 **箱鮓**《はこずし》 **馴鮓**《なれずし》 **鮎鮓**《あゆずし》 **鯖鮓**《さばずし》 **鯛鮓**《たいずし》 **笹鮓**《ささずし》 **鮓桶**《すしおけ》

5音 **握**《にぎ》**り鮓**《ずし》 **ちらし鮓**《ずし》 **五目鮓**《ごもくずし》 **稲荷鮓**《いなりずし》

6音 **柿**《かき》**の葉**《は》**鮓**《ずし》

古茶 こちゃ 初夏 ⇩新茶（27頁）

御簾 みす 三夏 ⇩簾《すだれ》（28頁）

簀戸 すど 三夏 ⇩葭戸《よしど》（29頁）

蚊帳／蚊屋 かや 三夏

例 新しき蚊屋に寝るなり江戸の馬 一茶

3音 **蚊帳**《かちよう》 **紙帳**《しちよう》

4音 **蚊帳**《ぶんちよう》 **青蚊帳**《あおがや》 **白蚊帳**《しろかや》 **初蚊帳**《はつかや》

5音　**蚊帳初《かやはじめ》**

蚊火　かび　三夏　⇩蚊遣《かやり》（29頁）

祈雨　きう　仲夏　⇩雨乞《あまごい》（63頁）

繭　まゆ　初夏

蚕《かいこ》が糸を吐いて作った覆い。生糸の原料。

3音　**黄繭《きまゆ》**

4音　**繭掻《まゆかき》**　**繭買《まゆかい》**　**繭市《まゆいち》**　**繭干《まゆほ》す**　**繭籠《まゆかご》**　**白繭《しろまゆ》**

5音　**繭問屋《まゆどんや》**　**繭相場《まゆそうば》**

梁　やな　三夏

流れの途中に竹の簀を張った仕掛け。上り下りする鮎などを捕るためのもの。

3音　**梁瀬《やなせ》**　**梁簀《やなす》**

4音　**梁打《やなう》つ**　**梁《やな》さす**　**梁番《やなばん》**　**梁守《やなもり》**

避暑　ひしょ　晩夏

例　避暑の子かこの町の子か駈けてゆく　岸本尚毅

川床　ゆか　晩夏　⇩川床《かわどこ》（65頁）

汗　あせ　三夏

例　汗かく白人深夜のテレビ通販に　神野紗希

4音　**汗《あせ》ばむ**　**汗水《あせみず》**

5音　**汗《あせ》みどろ**　**汗匂《あせにほ》ふ**　**脂汗《あぶらあせ》**　**玉《たま》の汗《あせ》**

2音　行事

解夏　げげ　三夏　⇩夏安居《げあんご》（69頁）

夏安居の終わり。

2音　動物

鹿子　かご　三夏　⇩鹿《しか》の子《こ》（71頁）

蟾　ひき　三夏　⇩蟇《ひきがえる》（124頁）

蝦蟇　がま　三夏　⇩蟇（同右）

蛇　へび　三夏

例　水ゆれて鳳凰堂へ蛇の首　阿波野青畝

例　蛇逃げて我を見し眼の草に残る　高浜虚子

例 蛇ゐると顎で教へてくれにけり　大石久美

4音 **くちなは　ながむし　熇尾蛇《ひばかり》　縞蛇《しまへび》**

5音 **赤棟蛇《やまかがし》／山棟蛇《やまかがし》**

6音 **青大将《あおだいしょう》**

へみ　三夏　⇨蛇

飯匙倩／波布　はぶ　三夏

南西諸島に棲む毒蛇。

鷭　ばん　三夏

クイナ科の鳥。湖沼などに生息。全体に黒褐色。

5音 **誰首鶏《ばんしゅけい》**

鳧　けり　三夏

チドリ科の鳥。頭から背が灰褐色、腹が白。脚が長い。

4音 **鳧《けり》の子《こ》**

鵺　ぬえ　三夏　⇩虎鶫《とらつぐみ》（127頁）

ごめ　三夏　⇩海猫（75頁）

鮎　あゆ　三夏

例 鮎の目の一言いひて横たはる　平畑静塔

3音 **香魚《こうぎょ》　年魚《ねんぎょ》**

5音 **鮎生簀《あゆいけす》**

嘉魚　かぎょ　三夏　⇩岩魚《いわな》（36頁）

鮠　はえ　三夏　⇩追川魚《おいかわ》（75頁）

鮠　はや　三夏　⇩追川魚（同右）

鮴／鮔　ごり　三夏

ヨシノボリ（ハゼ科）など様々な淡水魚の総称。地方によってどの魚をさすのかが異なる。

4音 **石伏魚《いしぶし》**

茅海　ちぬ　三夏　⇩黒鯛（75頁）

鯖　さば　三夏

例 アスファルトかがやき鯖の旬が来る　岸本尚毅

3音 **鯖火《さばび》**

4音 **鯖釣《さばつり》　鯖船《さばぶね》**

鰺　あじ　あぢ　三夏

3音 **真鰺《まあじ》　小鰺《こあじ》**

4音 **室鰺《むろあじ》　鰺釣《あじつり》**

鱚　きす　三夏

3音 **きすご**

4音 **白鱚《しろぎす》　青鱚《あおぎす》　川鱚《かわぎす》　虎鱚《とらぎす》　沖鱚《おきぎす》**

あご　三夏　⇩飛魚《とびうお》（76頁）

べら　三夏

ベラ科の海水魚の総称。食用としての価値は総じて低いが、瀬戸内海では「ぎざみ」と呼ばれ人気が高い。

3音 **ぎざみ**

羽太　はた　三夏

ハタ科の海水魚の総称。

ぐち　三夏　⇩石首魚《いしもち》（76頁）

にべ　三夏　⇩石首魚（同右）

鯒　こち　三夏

コチ科の海水魚。平たい体形で頭が大きい。

鱏／鱝　えい　えひ　三夏　⇩赤鱏《あかえい》（77頁）

鱧　はも　三夏

3音 **小鱧《こはも》**

4音 **生鱧《いきはも》　水鱧《みずはも》**

5音 **祭鱧《まつりはも》**

蛸／章魚　たこ　三夏

例 わが足のああ堪えがたき美味われは蛸　金原まさ子

4音 **蛸壺《たこつぼ》**

6音 **麦藁蛸《むぎわらだこ》**

烏賊　いか　三夏

3音 **真烏賊《まいか》**

4音 **やり烏賊《いか》**

5音 **するめ烏賊《いか》　烏賊《いか》の墨《すみ》　烏賊《いか》の甲《こう》**

蝦蛄　しゃこ　三夏

例 先生の馬に似し歯や蝦蛄を食ふ　吉岡禅師洞

蟹　かに　三夏

4音 沢蟹《さわがに》　川蟹《かわがに》　磯蟹《いそがに》　山蟹《やまがに》　蟹《かに》の子《こ》　ざりがに
5音 蟹《かに》の穴《あな》

海鞘／保夜　ほや　三夏
3音 まぼや
4音 赤海鞘《あかぼや》

火蛾／灯蛾　ひが　三夏　⇩蛾（8頁）
例 喪の家の窓すさまじき火蛾の群れ　中村苑子

火蛾　ほが　三夏　⇩蛾（同右）

蟬　せみ　晩夏
3音 夜蟬《よぜみ》
4音 初蟬《はつぜみ》　朝蟬《あさぜみ》　夕蟬《ゆうぜみ》　みんみん　熊蟬《くまぜみ》　蝦夷蟬《えぞぜみ》
蟬捕《せみと》り
5音 蟬時雨《せみしぐれ》　油蟬《あぶらぜみ》　深山蟬《みやまぜみ》
6音 にいにい蟬《ぜみ》　みんみん蟬《ぜみ》

やご　仲夏
蜻蛉《とんぼ》の幼虫。水中で育つ。

3音 やまめ
5音 太鼓虫《たいこむし》　蜻蛉《とんぼ》の子《こ》

蠅　はえ　はへ　三夏
例 蠅とんでくるや箪笥の角よけて　京極杞陽
3音 五月蠅《さばえ》
4音 家蠅《いえばえ》　金蠅《きんばえ》　銀蠅《ぎんばえ》　縞蠅《しまばえ》　肉蠅《にくばえ》　黒蠅《くろばえ》　糞蠅《くそばえ》
青蠅《あおばえ》　馬蠅《うまばえ》　牛蠅《うしばえ》　螫蠅《さしばえ》
5音 蠅《はえ》の声《こえ》
6音 姫家蠅《ひめいえばえ》　鼈甲蠅《べっこうばえ》

蛆　うじ　三夏
例 まつしろに花のごとくに蛆湧ける　髙柳克弘
4音 蛆虫《うじむし》

さし　三夏　⇨蛆

蠁子　さし　三夏　⇩猩々蠅《しょうじょうばえ》（165頁）

蚋　ぶよ　三夏
体長約四ミリで蠅に似た昆虫。

蟆子 ぶと 三夏 ⇨蚋

ぶゆ 三夏 ⇨蚋

蚤 のみ 三夏

例 いにしへの旅の心や蚤ふるふ 高浜虚子

紙魚／衣魚／蠹魚 しみ 晩夏

体長約一センチで細長く銀色。湿度を好み、書物や衣類などの糊を食べる。

例 逃るなり紙魚の中にも親よ子よ 一茶

3音 **雲母《きらら》**

5音 **雲母虫《きららむし》**

蟻 あり 三夏

例 働かぬ蟻のおろおろ来りけり 西村麒麟

4音 **黒蟻《くろあり》　赤蟻《あかあり》　雄蟻《おすあり》　蟻塚《ありづか》　蟻《あり》の巣《す》**

5音 **女王蟻《じょおうあり》　蟻《あり》の道《みち》　蟻《あり》の列《れつ》　蟻《あり》の塔《とう》　蟻《あり》の国《くに》**

7音 **蟻《あり》の門《と》渡《わた》り**

螻蛄 けら 三夏

体長約三センチ。熊手状の前肢で土を掘り、地中に棲む。蚯蚓《みみず》などのほか作物の根を食べる。

3音 **おけら**

蜘蛛 くも 三夏

例 ベンチあり憩へば蜘蛛の下り来る 高浜虚子

例 影抱へ蜘蛛とどまれり夜の畳 松本たかし

例 草の蜘蛛ふはりと何もなき方へ 森賀まり

4音 **蜘蛛《くも》の囲《い》　蜘蛛《くも》の巣《す》　蜘蛛《くも》の子《こ》**

5音 **蜘蛛《くも》の糸《いと》　蜘蛛《くも》の網《あみ》　女郎蜘蛛《じょろうぐも》**

蜱／壁蝨／ だに 三夏

3音 **葉蜱《はだに》**

4音 **家蜱《いえだに》　牛蜱《うしだに》**

蝎 かつ 三夏 ⇩蠍《さそり》（40頁）

蚰蜒 げじ げぢ 三夏 ⇩蚰蜒《げじげじ》（82頁）

例 水呑みし蚰蜒絢爛《けんらん》の歩を返す 高橋睦郎

蛭 ひる 三夏

例　ハフハフと泳ぎだす蛭ぼく音痴　池禎章

例　蛇口の構造に関する論考蛭泳ぐ　小澤實

4音　馬蛭《うまびる》　山蛭《やまびる》　扁蛭《ひらびる》

5音　血吸蛭《ちすいびる》

ひき　三夏　⇩夜光虫（134頁）

しき　三夏　⇩夜光虫（同右）

2音　植物

余花　よか　よくわ　初夏

立夏以降も咲いている桜。

5音　**夏桜《なつざくら》**

6音　**若葉《わかば》の花《はな》**　**青葉《あおば》の花《はな》**

薔薇　ばら　初夏

例　濃き薔薇に薄ばら色の包装紙　望月周

例　われに薔薇山羊には崖を与ふべし　中村草田男

3音　**薔薇《そうび》**　**薔薇《しょうび》**

4音　**紅薔薇《べにばら》**　**白薔薇《しろばら》**　**薔薇園《ばらえん》**　**薔薇垣《ばらがき》**

6音　**西洋薔薇《せいようばら》**

紫薇　しび　仲夏　⇩百日紅《さるすべり》（135頁）

枇杷　びわ　びは　仲夏　⇩枇杷《びわ》の実《み》（85頁）

例　爛々とをとめ樹上に枇杷すゝる　橋本多佳子

芥子／罌粟　けし　初夏　⇩罌粟《けし》の花（142頁）

例　芥子提げて喧嘩のなかを通りけり　一茶

例　芥子咲いてその日の風に散りにけり　正岡子規

例　罌粟ひらく髪の先まで寂しきとき　橋本多佳子

百合　ゆり　仲夏

例　図画室に百合残されてをりにけり　阪西敦子

例　腕の中百合ひらきくる気配あり　津川絵理子

4音　**鬼百合《おにゆり》**　**姫百合《ひめゆり》**　**山百合《やまゆり》**　**笹百合《ささゆり》**　**白百合《しらゆり》**　**紅《べに》百合《ゆり》**　**姥百合《うばゆり》**

5音　**百合《ゆり》の花《はな》**　**車百合《くるまゆり》**　**鹿《か》の子百合《こゆり》**　**透百合《すかしゆり》**

6音　**鉄砲百合《てっぽうゆり》**　**カサブランカ**

蕗 ふき 初夏

4音 **蕗《ふき》の葉《は》**

5音 **秋田蕗《あきたぶき》** **蕗畑《ふきばたけ》**

6音 **蕗《ふき》の広葉《ひろば》**

瓜 うり 晩夏

例 明日食べむ瓜あり既に今日楽し 相生垣瓜人

例 瓜ふたつ違ふかたちの並びけり 岡田一実

4音 **初瓜《はつうり》**

5音 **瓜畑《うりばたけ》**

茄子 なす 晩夏

3音 **なすび**

4音 **丸茄子《まるなす》** **加茂茄子《かもなす》** **長茄子《ながなす》** **白茄子《しろなす》** **青茄子《あおなす》**
茄子汁《なすじる》

5音 **初茄子《はつなすび》**

6音 **巾着茄子《きんちゃくなす》** **千生茄子《せんなりなす》**

蓼 たで 三夏

川や湿地に自生する一年草。芽や葉を料理に使うが、犬蓼、花蓼、桜蓼などは食用に向かない。

例 しののめや雲見えなくに蓼の雨 蕪村

3音 **真蓼《またで》** **葉蓼《はたで》** **蓼酢《たでず》**

4音 **本蓼《ほんたで》** **川蓼《かわたで》** **水蓼《みずたで》** **糸蓼《いとたで》** **紅蓼《べにたで》** **蓼摘《たでつ》む** **犬蓼《いぬたで》**
花蓼《はなたで》

5音 **柳蓼《やなぎたで》** **桜蓼《さくらたで》**

莧 ひゆ 三夏

古くから食用に栽培。葉を茹でて和え物などにする。

3音 **ひょうな**

6音 **青鶏頭《あおげいとう》**

ひょう 三夏 ⇨莧

紫蘇 しそ 晩夏

3音 **大葉《おおば》**

4音 **紫蘇《しそ》の葉《は》** **赤紫蘇《あかじそ》** **青紫蘇《あおじそ》** **花紫蘇《はなじそ》**

蓮 はす 晩夏 ⇩蓮《はす》の花（145頁）

2音

麦　むぎ　初夏

3音　**小麦《こむぎ》　麦生《むぎう》　穂麦《ほむぎ》**

4音　**大麦《おおむぎ》　黒麦《くろむぎ》　麦の穂《ほ》　痩麦《やせむぎ》　麦熟《むぎう》る　熟《う》れ麦《むぎ》**

5音　**裸麦《はだかむぎ》　麦畑《むぎばたけ》　麦《むぎ》の波《なみ》**

地膚　ちふ　晩夏　⇩帚木《ははきぎ》（92頁）

麻　あさ　晩夏

3音　**大麻《たいま》**

4音　**大麻《おおあさ》　麻《あさ》の葉《は》**

5音　**麻《あさ》の花《はな》　麻畠《あさばたけ》**

雄木　おぎ　をぎ　晩夏　⇩桜麻《さくらあさ》（146頁）

雌木　めぎ　晩夏　⇩桜麻（同右）

菰　こも　三夏　⇩真菰《まこも》（45頁）

水葱／菜葱　なぎ　晩夏　⇩水葵《みずあおい》（148頁）

藺田　いだ　ゐだ　仲夏　⇩藺《い》の花（94頁）

蒲　がま　晩夏　⇩蒲《がま》の穂《ほ》（94頁）

黴　かび　仲夏

例　秒針のかがやき進む黴の中　津久井健之

例　見てゐたり黴を殺してゐる泡を　髙柳克弘

3音　**毛黴《けかび》**

4音　**青黴《あおかび》　黒黴《くろかび》　白黴《しろかび》　黴《かび》の香《か》**

5音　**麹黴《こうじかび》　黴《かび》の宿《やど》　黴煙《かびけむり》　黴《かび》の花《はな》　黴拭《かびぬぐ》ふ**

黴ぶ　かぶ　仲夏　⇨黴

3音の季語

3音　時候

炎夏　えんか　三夏　⇩夏（9頁）

三夏　さんか　三夏　⇩夏（同右）

九夏　きゅうか　三夏　⇩夏（同右）

夏場　なつば　三夏　⇩夏（同右）

孟夏　もうか　初夏　⇩初夏（9頁）

卯月　うづき　初夏

旧暦四月の異称。

五月　ごがつ　ごぐわつ　初夏

例　目つむりていても吾《あ》を統《す》ぶ五月の鷹　寺山修司

5音　**五《ご》月《がつ》来《く》る**

清和　せいわ　初夏

清々《すがすが》しく穏やかな初夏の気候。

立夏　りっか　初夏

五月五日頃。また期間として二十四節気の一つでその日から約一五日間。

例　卵割る心地立夏の靴を履く　高勢祥子

4音　**夏立《なつた》つ**

5音　**夏《なつ》に入《い》る**　**夏来《なつきた》る**　**夏《なつ》は来《き》ぬ**　**今朝《けさ》の夏《なつ》**

夏来　なつく　初夏　⇨立夏

薄暑　はくしょ　初夏

真夏ほどではない初夏の暑さ。

例　酢洗ひの鯵も谷中の薄暑かな　太田うさぎ

4音　**軽暖《けいだん》**

5音　**薄暑光《はくしょこう》**

仲夏　ちゅうか　仲夏

新暦でおおむね六月。二十四節気の芒種から小暑の前日。

皐月／五月　さつき　仲夏

旧暦五月の異称。

5音 **早苗月《さなえづき》　田草月《たぐさづき》**

6音 **橘月《たちばなづき》　五月雨月《さみだれづき》　月見《つきみ》ず月《つき》**

芒種　ぼうしゅ　ばうしゆ　仲夏

二十四節気で六月五日頃から約一五日間。

6音 **芒種《ぼうしゅ》の節《せつ》**

梅雨入／墜栗花　ついり　仲夏　⇩梅雨《つゆ》に入《い》る（98頁）

半夏　はんげ　仲夏　⇩半夏生《はんげしょう》（99頁）

晩夏　ばんか　晩夏

例 マンハッタン万有引力見え晩夏　下村まさる

2音 **季夏《きか》**

5音 **晩夏光《ばんかこう》**

小暑　しょうしょ　せうしよ　晩夏

二十四節気で七月七日頃から約一五日間。

大暑　たいしょ　晩夏

二十四節気で七月二三日頃から約一五日間。

夏日　なつび　三夏　⇩夏の日（48頁）

夏日　かじつ　三夏　⇩夏の日（同右）

冷夏　れいか　晩夏

緑夜　りょくや　初夏　⇩緑の夜（99頁）

短夜　たんや　三夏　⇩短夜《みじかよ》（48頁）

白夜　はくや　仲夏

白夜　びゃくや　仲夏　⇨白夜

土用　どよう　晩夏

七月二〇日頃から八月七日頃まで。本来は四季それぞれの終わりが土用だったが、夏の土用だけが残った。

5音 **土用前《どようまえ》　土用入《どよういり》　土用中《どようなか》　土用明《どようあけ》**

6音 **土用《どよう》の入《いり》　土用太郎《どようたろう》　土用二郎《どようじろう》**

7音 **土用三郎《どようさぶろう》**

盛夏　せいか　晩夏

4音 **真夏日《まなつび》**

5音 **夏旺《なつさか》ん**

真夏 まなつ　晩夏　⇨盛夏

初伏 しょふく　晩夏　⇩三伏《さんぷく》（48頁）

暑し あつし　三夏

1音 **暑《しょ》**

2音 **暑気《しょき》**

4音 **暑《あつ》き日《ひ》**　**暑《あつ》き夜《よ》**

暑さ あつさ　三夏　⇨暑し

極暑 ごくしょ　晩夏

酷暑 こくしょ　晩夏　⇨極暑

猛暑 もうしょ　晩夏　⇨極暑

溽暑 じょくしょ　晩夏

暑さのうち特に湿気の多い蒸し暑さ。

5音 **蒸暑《むしあつ》し**

炎暑 えんしょ　晩夏

4音 **炎熱《えんねつ》**

涼し すずし　三夏

4音 **朝涼《あさすず》**　**夕涼《ゆうすず》**　**晩涼《ばんりょう》**　**涼《すず》しさ**

5音 **宵涼《よいすず》し**

涼気 りょうき　りやうき　三夏　⇨涼し

涼味 りょうみ　りやうみ　三夏　⇨涼し

夜涼 やりょう　やりやう　三夏　⇨涼し

3音　天文

夏天 かてん　三夏　⇩夏の空（100頁）

南風 みなみ　三夏　⇩南風《みなみかぜ》（101頁）

正南風 まはえ　三夏　⇩南風《はえ》（10頁）

山瀬／山背 やませ　三夏

北海道、東北地方に夏のあいだ吹く東風または北東風。

例 やませ来るいたちのやうにしなやかに　佐藤鬼房

5音 **山瀬《やませ》風《かぜ》／山背《やませ》風《かぜ》**　**長瀬《ながせ》風《かぜ》**　**梅雨《つゆ》山瀬《やませ》**

いなさ　いなさ　仲夏
東南の方角から吹く風。特に台風のときの強風。

緑雨　りょくう　三夏　⇩夏の雨（102頁）

梅雨／黴雨　ばいう　仲夏　⇩梅雨《つゆ》（10頁）

ゆだち　三夏　⇩夕立（51頁）

例　さつきから夕立の端にゐるらしき　飯島晴子

よだち　三夏　⇩夕立（同右）

驟雨　しゅうう　しうう　三夏　⇩夕立（同右）

白雨　はくう　三夏　⇩夕立（同右）

氷雨　ひさめ　三夏　⇩雹《ひょう》（10頁）

雷火　らいか　三夏　⇩雷《かみなり》（52頁）

雷雨　らいう　三夏　⇩雷（同右）

ゆやけ　晩夏　⇩夕焼（52頁）

例　鏡面の傷が夕焼に進み出る　八田木枯

西日　にしび　晩夏

例　目つむりてゐても西日がつらぬくバス　大塚凱

例　ダンススクール西日の窓に一字づつ　榮猿丸

5音　**大西日《おおにしび》**

炎気　えんき　晩夏　⇩炎天（52頁）

旱　ひでり　晩夏

例　大海のうしほはあれど旱かな　高浜虚子

4音　**旱魃《かんばつ》**　**旱害《かんがい》**　**旱天《かんてん》**　**大旱《たいかん》**

5音　**旱空《ひでりぞら》**　**夏旱《なつひでり》**　**大旱《おおひでり》**　**旱年《ひでりどし》**　**旱川《ひでりがわ》**　**旱草《ひでりぐさ》**　**旱雲《ひでりぐも》**

3音　地理

夏嶺　なつね　三夏　⇩夏の山（104頁）

青嶺　あおね　あをね　三夏　⇩夏の山（同右）

氷河　ひょうが　三夏

夏野　なつの　三夏

例　ヘリコプター着地夏野をふくらませ　岡田由季

例　たてよこに富士伸びてゐる夏野かな　桂信子

例　頭の中で白い夏野となつてゐる　高屋窓秋

4音　卯《う》月野《づきの》　五《さ》月野《つきの》　夏《なつ》の野《の》
5音　夏野《なつの》原《はら》　夏《なつ》の原《はら》

青野　あおの　あをの　三夏　⇨夏野
例　怒らぬから青野でしめる友の首　島津亮

出水　でみず　でみづ　仲夏
梅雨時の豪雨による河川の氾濫。
4音　水害《すいがい》
5音　夏出《なつで》水《みず》　梅雨出《つゆで》水《みず》　出《で》水川《みずがわ》

水禍　すいか　すいくわ　仲夏　⇨出水

卯波／卯浪　うなみ　初夏
卯月（新暦五月）の波。
5音　卯《う》月波《づきなみ》

皐波／皐浪　さなみ　仲夏　⇩皐《さ》月波《つきなみ》（106頁）

熱砂　ねっさ　晩夏
4音　灼《や》け砂《すな》　砂炎《すなも》ゆ

代田　しろた　初夏
代掻《しろかき》（62頁）が終わり田植ができる状態の水田。

水田　みずた　みづた　初夏　⇨代田

植田　うえた　うゑた　仲夏
田植が終わったばかりの田。

青田　あおた　あをた　晩夏
4音　早《さ》苗田《なえだ》　五《さ》月田《つきだ》
田植のあと苗が伸びて青々とした田。
5音　青田《あおた》風《かぜ》　青田《あおた》波《なみ》　青田《あおた》道《みち》　青田面《あおたのも》　青田《あおた》時《どき》

涸田　かれた　晩夏　⇩日《ひ》焼田《やけだ》（54頁）

焼け田　やけた　晩夏　⇩日焼田（同右）

噴井　ふけい　ふけゐ　三夏
地下水脈が地表に噴き出ている場所。
例　ぽつんとある噴井に番地ありにけり　海野良子

噴井　ふきい　ふきゐ　三夏　⇨噴井

泉　いずみ　いづみ　三夏
地下水が地表に湧き出ている場所。

4音 やり水《みず》

5音 泉川《いずみがわ》

清水 しみず しみづ 三夏

澄んだ湧き水。

4音 真清水《ましみず》

5音 山清水《やましみず》 岩清水《いわしみず》 涸清水《かれしみず》 清水《しみず》堰《せ》く 清水《しみず》汲《く》む

清水茶屋《しみずぢゃや》 朝清水《あさしみず》 夕清水《ゆうしみず》

6音 清水《しみず》掬《むす》ぶ

瀑布 ばくふ 三夏 ⇩滝（11頁）

飛瀑 ひばく 三夏 ⇩滝（同右）

男滝 おだき をだき 三夏 ⇩滝（同右）

女滝 めだき 三夏 ⇩滝（同右）

滝見 たきみ 三夏 ⇩滝（同右）

3音 生活

白衣 しらえ 初夏 ⇩白重《しろがさね》（107頁）

夏着 なつぎ 三夏 ⇩夏衣《なつごろも》（107頁）

袷 あわせ あはせ 初夏

表地と裏地の二枚で仕立てた着物。

4音 綿抜《わたぬき》 素袷《すあわせ》

5音 初袷《はつあわせ》 古袷《ふるあわせ》 絹袷《きぬあわせ》

6音 袷衣《あわせころも》

単衣 ひとえ ひとへ 三夏

裏地のない着物。

5音 単物《ひとえもの》

軽羅 けいら 晩夏 ⇩羅《うすもの》（55頁）

透綾 すきや 晩夏 ⇩羅（同右）

綾羅 りょうら 晩夏 ⇩羅（同右）

晒布／晒 さらし 三夏

白く晒した綿布《めんぷ》や麻布《あさふ》。

5音 晒川《さらしがわ》 奈良晒《ならざらし》

生布 きぬの 三夏

草木の皮で織った布。

2音 **太布《たふ》**

4音 **科布《しなぬの》**

麻布　あさふ　三夏　⇨生布

木布　きぬの　三夏　⇨生布

生平　きびら　三夏　⇨生布

葛布　くずふ　三夏　⇨生布

藤布　ふじふ　ふぢふ　三夏　⇨生布

縮　ちぢみ　三夏

布全体に小さな皺を施した布地。

4音 **縮布《ちぢみふ》**

5音 **白縮《しろちぢみ》**　**縞縮《しまちぢみ》**　**藍縮《あいちぢみ》**

6音 **縮木綿《ちぢみもめん》**　**越後縮《えちごちぢみ》**　**明石縮《あかしちぢみ》**

7音 **縮帷子《ちぢみかたびら》**

上布　じょうふ　じやうふ　三夏

麻織物の一つ。細い麻糸を用い、単衣《ひとえ》（25頁）に用いる。

6音 **越後《えちご》上布《じょうふ》**　**薩摩《さつま》上布《じょうふ》**　**宮古《みやこ》上布《じょうふ》**

浴衣　ゆかた　三夏

例 次の間へ歩きながらに浴衣脱ぐ　波多野爽波

4音 **浴衣地《ゆかたじ》**

5音 **湯《ゆ》帷子《かたびら》**　**浴衣掛《ゆかたがけ》**　**白浴衣《しろゆかた》**　**藍浴衣《あいゆかた》**

白地　しろじ　しろぢ　晩夏　⇩白絣《しろがすり》（108頁）

例 白地着て老人海を見てをりぬ　今井杏太郎

レース　三夏

例 全身のレースの穴の花嫁よ　松葉久美子

5音 **レース編《あ》み**

水着　みずぎ　みづぎ　晩夏

例 水着ショーなど終りまで見てしまふ　能村登四郎

例 劇団の子の垢抜けぬ水着かな　岡野泰輔

例 無思想の肉が水着をはみ出せる　長谷川櫂

5音 **海水着《かいすいぎ》**

6音 **海水帽《かいすいぼう》**　**水泳帽《すいえいぼう》**

7音 **海水《かいすい》パンツ**

粽／茅巻　ちまき　初夏

すもじ　三夏　⇩鮓《すし》（11頁）

煮梅　にうめ　仲夏

青梅に砂糖を加えて煮込んだもの。

6音 **青梅煮《あおうめに》る**

煮酒　にざけ　三夏

二月にできた新酒を、保存のために加熱したもの。

6音 **新酒火入《しんしゅひい》れ**

酒煮　さけに　三夏　⇨煮酒

ビール／麦酒　三夏

例 浚渫船見てゐる昼のビールかな　依光陽子

例 浅草の暮れかかりたるビールかな　石田郷子

4音 **地《じ》ビール**

5音 **生《なま》ビール**　**黒《くろ》ビール**　**ビヤホール**　**缶《かん》ビール**　**ビール瓶《びん》**

6音 **ビヤガーデン**

梅酒　うめしゅ　晩夏

6音 **梅焼酎《うめしょうちゅう》**

冷酒　れいしゅ　晩夏　⇩冷酒《ひやざけ》（58頁）

醴　こざけ　三夏　⇩甘酒（58頁）

醴酒　れいしゅ　三夏　⇩甘酒（同右）

新茶　しんちゃ　初夏

2音 **古茶《こちゃ》**

4音 **走《はし》り茶《ちゃ》**

陳茶　ひねちゃ　初夏　⇨新茶

麦茶　むぎちゃ　三夏

麦湯　むぎゆ　三夏　⇨麦茶

ラムネ　三夏

氷菓　ひょうか　ひようくわ　三夏

例 月面に人游歩せり氷菓食ぶ　細川加賀

例　晩婚の友や氷菓をしたたらし　西東三鬼

5音　**シャーベット**

7音　**アイスキャンデー**

ゼリー　三夏

飴湯　あめゆ　三夏

5音　**冷《ひや》し飴《あめ》**

洗膾　あらい　あらひ　三夏

魚の刺身を冷水で洗って身を引き締めたもの。

夏炉　なつろ　三夏

4音　**夏《なつ》の炉《ろ》**

5音　**夏火鉢《なつひばち》**

露台　ろだい　三夏

4音　**ベランダ**

5音　**バルコニー**

絵莫蓙　えござ　ゑござ　三夏　⇩花莫蓙《はなござ》（60頁）

寝莫蓙　ねござ　三夏

敷蒲団の上に敷き涼しさを得る莫蓙。

4音　**寝筵《ねむしろ》**

円座　えんざ　ゑんざ　三夏

渦巻き状に編んだ円形の敷物。

油団　ゆとん　三夏

貼り合わせた和紙に荏胡麻《えごま》油や柿渋を塗った敷物。

磁枕　じちん　三夏　⇩陶枕《とうちん》（60頁）

網戸　あみど　三夏

例　青空のうすくなりたる網戸かな　石田郷子

4音　**網窓《あみまど》**

日除　ひよけ　三夏

4音　**日覆《ひおおい》**

簾　すだれ　三夏

例　山よりの風にふくらむ簾かな　星野椿

2音　**御簾《みす》**

4音　**簾戸《すだれど》**

5音 **掛簾《かけすだれ》　玉簾《たますだれ》　葭簾《よしすだれ》　玻璃簾《はりすだれ》　青簾《あおすだれ》**

葭簀　よしず　三夏

5音 **葭簀《よしず》掛《がけ》　葭簀《よしず》張《ばり》**

葭戸　よしど　三夏

2音 **簀戸《すど》**

寝網　ねあみ　三夏　⇩ハンモック（113頁）

切子　きりこ　三夏　⇩ギヤマン（60頁）

蚊帳　かちょう　かちやう　三夏　⇩蚊帳《かや》（11頁）

紙帳　しちょう　しちやう　三夏　⇩蚊帳（同右）

蚊遣　かやり　三夏

蚊を寄せつけないために特定の植物を燻《いぶ》して煙をたてること。

例 ほろほろと雨添ふ須磨の蚊遣かな　瓢水

例 駒込の不二に棚引《たなびく》蚊やり哉　一茶

2音 **蚊火《かび》**

4音 **蚊遣火《かやりび》**

5音 **蚊遣香《かやりこう》　蚊遣草《かやりぐさ》**

7音 **蚊取線香《かとりせんこう》**

扇　おうぎ　あふぎ　三夏

4音 **絵扇《えおうぎ》**

扇子　せんす　三夏　⇨扇

団扇　うちわ　うちは　三夏

例 戦争と畳の上の団扇かな　三橋敏雄

例 睾丸をのせて重たき団扇哉　正岡子規

4音 **絵団扇《えうちわ》**

5音 **白団扇《しろうちわ》**

日傘　ひがさ　三夏

4音 **パラソル　絵日傘《えひがさ》**

5音 **白日傘《しろひがさ》**

曝書　ばくしょ　晩夏　⇩虫干《むしぼし》（61頁）

氷室　ひむろ　晩夏

氷や雪を貯蔵する部屋。

シャワー　晩夏

例　水の出ぬシャワーの穴を見てをりぬ　雪我狂流

例　シャワー浴ぶ同性愛の片割が　鷹羽狩行

田掻　たかき　初夏　⇩代掻《しろかき》（62頁）

田掻く　たかく　初夏　⇩代掻（同右）

田植　たうえ　たうゑ　仲夏

例　湖の水かたぶけて田植かな　几董

例　笠を着て誰に田植の薄化粧　正岡子規

5音　**田植歌《たうえうた》**

田唄　たうた　仲夏　⇨田植

除草　じょそう　ぢよさう　晩夏　⇩草取《くさとり》（63頁）

藺刈　いかり　ゐかり　晩夏

畳表などにする藺草の刈り取り。七月下旬頃。

5音　**藺《い》草刈《ぐさかり》**

藻刈　もかり　三夏

舟の運航の妨げになる川藻の刈り取り。

黄繭　きまゆ　初夏　⇩繭《まゆ》（12頁）

鵜飼　うかい　うかひ　三夏

夜振　よぶり　三夏

松明《たいまつ》などを灯して川魚を捕ること。

夜焚　よたき　三夏　⇩夜《よ》焚釣《たきつり》（116頁）

梁瀬　やなせ　三夏　⇩梁《やな》（12頁）

梁簀　やなす　三夏　⇩梁（同右）

涼み　すずみ　晩夏

4音　**夜《よ》涼《すず》み**　**納涼《のうりょう》**

5音　**夕涼《ゆうすず》み**

涼む　すずむ　三夏　⇨涼み

例　寝て涼む月や未来がおそろしき　一茶

ボート　三夏

例　三人でボート被りて川辺まで　草野早苗

5音　**貸《かし》ボート**　**ボート小屋《ごや》**

ヨット　三夏

例　ヨットより出でゆく水を夜といふ　佐藤文香

登山　とざん　晩夏

4音　**山小屋《やまごや》**

5音　**山登り《やまのぼり》**　**登山小屋《とざんごや》**

キャンプ　晩夏

テント／天幕　晩夏　⇨キャンプ

泳ぎ　およぎ　晩夏

4音　**水泳《すいえい》**　**遊泳《ゆうえい》**　**競泳《きょうえい》**　**遠泳《えんえい》**　**水練《すいれん》**　**犬掻《いぬかき》**　**背泳《せおよ》ぎ**

クロール　**水浴《みずあ》び**

5音　**浮袋《うきぶくろ》**　**立泳《たちおよ》ぎ**　**平泳《ひらおよ》ぎ**　**バタフライ**

6音　**ビーチボール**

泳ぐ　およぐ　晩夏　⇨泳ぎ

例　海も故郷泳ぎ疲れてなお泳ぐ　松岡耕作

浮輪　うきわ　晩夏　⇨泳ぎ

例　付録なる浮輪に雑誌膨らめる　小川春休

抜手　ぬきて　晩夏　⇨泳ぎ

潜り　もぐり　晩夏　⇨泳ぎ

プール　晩夏

例　ともだちの流れてこないプールかな　宮本佳世乃

例　いろいろな泳ぎ方してプールにひとり　波多野爽波

夜釣　よづり　三夏

4音　**夜釣火《よづりび》**

夜店／夜見世　よみせ　三夏

例　走り根をよけて夜店の出来あがる　中原道夫

ながし　仲夏

花街で料亭をめぐって新内《しんない》などの謡曲を聞かせる芸。

7音　**新内《しんない》ながし**

花火／煙火　はなび　晩夏

例　花火聞く机上の夜の大地かな　三橋敏雄

例　東京の夜景の端の花火かな　大塚阿澄

4音　**花火師《はなびし》**

5音　**揚花火《あげはなび》**　**遠花火《とおはなび》**

6音 **仕掛花火《しかけはなび》**

7音 **打揚花火《うちあげはなび》**

玉火 たまび 晩夏 ⇨花火

蓮見 はすみ 晩夏

5音 **蓮見舟《はすみぶね》**

草矢 くさや 三夏

芒《すすき》や葦《あし》を裂いて矢の形にし、指で飛ばす遊び。

立て絵 たてえ たてゑ 三夏 ⇩起《おこ》し絵《え》（66頁）

組絵 くみえ くみゑ 三夏 ⇩起し絵（同右）

裸 はだか 晩夏

例 アメリカの国旗を巻いて裸なり 依光陽子

4音 **素裸《すはだか》** **裸子《はだかご》**

5音 **丸裸《まるはだか》** **真裸《まっぱだか》**

裸身 らしん 晩夏 ⇨裸

跣足／裸足 はだし 三夏

例 すこし酔ひ跣足で歩く池袋 岡田史乃

素足 すあし 三夏 ⇨跣足／裸足

端居 はしい はしゐ 三夏

暑さをしのぐため縁側や窓辺で過ごすこと。

例 端居してたゞ居る父の恐ろしき 高野素十

例 端居なら鳥とすなるがをかしきぞ 小津夜景

4音 **縁台《えんだい》**

5音 **夕端居《ゆうはしい》**

日焼 ひやけ 三夏

昼寝 ひるね 三夏

例 山に金太郎野に金次郎予は昼寝 三橋敏雄

例 昼寝より覚めしところが現住所 八田木枯

5音 **昼寝覚《ひるねざめ》** **三尺寝《さんじゃくね》**

午睡 ごすい 三夏 ⇨昼寝

外寝 そとね 晩夏

縁側や木陰など涼しい場所で寝ること。

寝冷 ねびえ 三夏

赤痢　せきり　晩夏

疫痢　えきり　晩夏　⇨赤痢

汗疹／汗疣／熱沸瘡　あせも　三夏

4音　**汗疹**《かんしん》　**汗瘡**《かんそう》

あせぼ　三夏　⇨汗疹

コレラ／虎列剌　晩夏

5音　**コレラ船**《せん》

ころり　晩夏　⇨コレラ

瘧　おこり　三夏　⇩マラリア（67頁）

脚気　かっけ　かくけ　三夏

帰省　きせい　晩夏

4音　**帰省子**《きせいし》

3音　行事

端午　たんご　初夏

五月五日の節句。邪気を払うとされる菖蒲《しょうぶ》を儀礼に用い、音が同じ尚武《しょうぶ》から男児にまつわる行事が増えた。

5音　**菖蒲**《あやめ》**の日**《ひ》　**初節句**《はつぜっく》

7音　**端午**《たんご》**の節句**《せっく》　**五月**《ごがつ》**の節句**《せっく》　**菖蒲**《あやめ》**の節句**《せっく》　**菖蒲**《あやめ》**の節会**《せちえ》

重五　ちょうご　初夏　⇨端午

幟　のぼり　初夏

端午の節句に男児の誕生と成長を祝って立てる幟。

例　雨に濡れ日に乾きたる幟かな　高浜虚子

5音　**紙幟**《かみのぼり》　**幟市**《のぼりいち》　**幟竿**《のぼりざお》　**吹流**《ふきながし》

6音　**五月幟**《さつきのぼり》

祭　まつり　三夏

例　神田川祭の中をながれけり　久保田万太郎

例　祭まで駆けて祭を駆けぬけて　佐藤文香

5音　**夏祭**《なつまつり》　**神祭**《かみまつり》　**祭笛**《まつりぶえ》　**祭髪**《まつりがみ》

6音　**祭太鼓**《まつりだいこ》　**祭囃子**《まつりばやし》

神輿　みこし　三夏　⇨祭

夏越　なごし　晩夏　⇩名越《なごし》の祓《はらえ》（180頁）

茅の輪　ちのわ　晩夏
茅萱《ちがや》を束ねた大輪。名越《なごし》の祓《はらえ》の際、これをくぐって厄除けする。
4音 **菅貫《すがぬき》**
6音 **茅《ち》の輪《わ》潜《くぐ》り**

夏行　げぎょう　げぎやう　三夏　⇩夏安居《げあんご》（69頁）

結夏　けつげ　三夏　⇩夏安居（同右）
夏安居の始まり。

夏書　げがき　三夏　⇩夏安居（同右）
夏安居のあいだ写経に勤しむこと。

夏経　げきょう　げきやう　三夏　⇩夏安居（同右）
夏書《げがき》に同じ。

夏断　げだち　三夏　⇩夏安居（同右）
夏安居のあいだ魚肉の食事を断つなどすること。

安居　あんご　三夏　⇩夏安居（同右）

我鬼忌　がきき　晩夏　⇩河童忌《かっぱき》（70頁）

3音　動物

鹿の子　かのこ　三夏　⇩鹿《しか》の子《こ》（71頁）

子鹿　こじか　三夏　⇩鹿の子（同右）

子亀　こがめ　三夏　⇩亀の子（71頁）

河鹿　かじか　三夏
渓流に棲む蛙。鳴き声が鹿に似ることからこの名。
例　河鹿鳴けり杉山に杉哭くごとく　高柳重信
5音 **河鹿笛《かじかぶえ》**
6音 **河鹿蛙《かじかがえる》**

蠑螈／井守　いもり　ゐもり　三夏
例　浮《うか》み出て底に影あるゐもりかな　高浜虚子
4音 **赤腹《あかはら》**

守宮／屋守／壁虎／家守　やもり　三夏

蜥蜴　とかげ　三夏

例 天にまだ蜥蜴を照らす光あるらし　八田木枯

5音 **青蜥蜴**《あおとかげ》　**瑠璃蜥蜴**《るりとかげ》　**縞蜥蜴**《しまとかげ》

蝮／蝮蛇　まむし　三夏

例 遺産分割蝮の棲むという山も　斉田仁

5音 **赤蝮**《あかまむし》　**蝮捕**《まむしとり》　**蝮酒**《まむしざけ》

夜鷹／怪鴟　よたか　三夏

鷹に似た夜行性の渡り鳥。

5音 **蚊吸鳥**《かすいどり》

浮巣　うきす　三夏　⇩鳰《にお》の浮巣《うきす》（162頁）

子鴨　こがも　三夏　⇩鴨の子（73頁）

海鵜　うみう　三夏　⇩鵜（8頁）

河鵜／川鵜　かわう　かはう　三夏　⇩鵜（同右）

水鶏　くいな　くひな　三夏

クイナ科の鳥の総称。春に渡来し秋に南方へ帰る。

4音 **緋水鶏**《ひくいな》

5音 **姫水鶏**《ひめくいな》　**水鶏笛**《くいなぶえ》

6音 **水鶏叩**《くいなたた》**く**

小鷺　こさぎ　三夏　⇩白鷺（73頁）

小瑠璃　こるり　三夏

ヒタキ科の小鳥。雄は背が瑠璃色で腹が白い。雌は尾が青、背が緑褐色。美しい声で鳴く。

例 小瑠璃飛ぶ選ばなかった人生に　野口る理

眼細／目細　めぼそ　三夏

本州と四国の高地に生息。上が暗緑色、下が淡黄色、眉が黄白色。チョチョリチョチョリと鳴く。

7音 **目細虫喰**《めぼそむしくい》

桑扈／鶍／斑鳩　いかる　三夏

アトリ科の鳥。全体に濃紺色で頭と尾が黒。嘴は太く黄色い。木の実を嘴で回しながら割ることから「豆回し」「豆ころがし」の別名も。

5音 **豆回し**《まめまわし》

6音 **豆**《まめ》**ころがし**

蒿雀　あおじ　あをじ　三夏
ホオジロ科の鳥。上は褐色に黒い縞。尾羽の中央が赤褐色、外側が黒褐色と白。

5音 **青鵐《あおしとど》**

頬赤　ほあか　三夏　⇩頬赤《ほおあか》（74頁）

目白／眼白　めじろ　三夏
背が鶯色、羽が暗褐色。目の周りが白いのでこの名。鶯と間違われることも多い。

5音 **目白籠《めじろかご》**　**目白捕《めじろとり》**

日雀　ひがら　三夏
シジュウカラ科の小鳥。頭と喉が黒、頬が白、背が青灰色。

小雀　こがら　三夏
シジュウカラ科の小鳥。背は灰褐色、腹と頬は白、頭と喉が黒い。

5音 **鍋《なべ》かぶり**

柄長　えなが　三夏
胴は柔らかく膨らんだような胴体と頭が白。翼は褐色だが、重なって黒く見える。長い尾が名の由来。

雪加／雪下　せっか　三夏
スズメ目セッカ科の小鳥。頭が褐色、体の上面は黄褐色に黒褐色の縦斑、腹は淡褐色。

緋鯉　ひごい　ひごひ　三夏

4音 **色鯉《いろごい》**　**白鯉《しろごい》**

5音 **斑鯉《まだらごい》**　**錦鯉《にしきごい》**

鯰　なまず　なまづ　仲夏

例 大なまづ揚げて夜振りの雨となり　内田百閒

5音 **梅雨鯰《つゆなまず》**　**ごみ鯰《なまず》**

香魚　こうぎょ　かうぎよ　三夏　⇩鮎（13頁）

年魚　ねんぎょ　三夏　⇩鮎（同右）

岩魚／巌魚　いわな　いはな　三夏

2音 **嘉魚《かぎょ》**

5音 岩魚釣《いわなつり》

山女／山女魚　やまめ　三夏

5音 山女釣《やまめつり》

あまご　三夏　⇨山女

やまべ　三夏　⇩追川魚《おいかわ》（75頁）

金魚　きんぎょ　三夏

例 金魚死に幾日か過ぎさらに過ぎ　八田木枯

例 江戸川や金魚もかかる仕掛網　依光陽子

4音 蘭鋳《らんちゅう》　琉金《りゅうきん》　出目金《でめきん》　金魚田《きんぎょだ》

5音 獅子頭《ししがしら》　錦蘭子《きんらんし》

9音 和蘭陀獅子頭《おらんだししがしら》

和金　わきん　三夏　⇨金魚

丸子　まるこ　三夏　⇨金魚

銀魚　ぎんぎょ　三夏　⇨金魚

闘魚　とうぎょ　三夏　⇩熱帯魚（128頁）

目高　めだか　三夏

例 雨上がる目高数へてゐるうちに　守屋明俊

4音 緋目高《ひめだか》

5音 白目高《しろめだか》

海鯽　かいず　三夏　⇩黒鯛（75頁）

伊佐木　いさき　三夏

イサキ科の海水魚。夏の産卵前には脂肪が乗る。刺身など食用に馴染みのある魚。

いさぎ　三夏　⇨伊佐木

いせぎ　三夏　⇨伊佐木

たかべ　三夏

イスズミ科の小型の海水魚。背が青、腹が銀色。

鰹／松魚　かつお　かつを　三夏

5音 えぼし魚《うお》　鰹時《かつおどき》

鯖火　さばび　三夏　⇩鯖（13頁）

鯖漁の船にある灯火。

例 海中に都ありとや鯖火もゆ　松本たかし

真鰺　まあじ　まあぢ　三夏　⇩鰺（13頁）

小鰺　こあじ　こあぢ　三夏　⇩鰺（同右）

きすご　三夏　⇩鱚《きす》（14頁）

とびを　とびお　三夏　⇩飛魚《とびうお》（76頁）

とびら　三夏　⇩飛魚（同右）

ぎざみ　三夏　⇩べら（14頁）

虎魚　おこぜ　をこぜ　三夏

5音　**鬼虎魚《おにおこぜ》**

津走　つばす　仲夏

鰤《ぶり》の幼魚。西日本での呼び方。

わかし　仲夏　⇨津走

4音　**ふくらぎ**

魬　いなだ　三夏

体長五〇センチほどの鰤《ぶり》。関西では「はまち」と呼ぶ。

はまち　三夏　⇨いなだ

雌鯒　めごち　三夏

コチ科の海水魚。天麩羅の具材として知られる。

鱰／鬼頭魚　しいら　三夏

体長一メートルにもなる大型魚。背は藍色に斑点、腹は褐色。

小鱧　こはも　三夏　⇩鱧《はも》（14頁）

穴子　あなご　三夏

4音　**真《ま》穴子《あなご》**

5音　**うみうなぎ**　**銀穴子《ぎんあなご》**　**穴子《あなご》釣《つり》**

鰻　うなぎ　三夏

5音　**鰻掻《うなぎかき》**　**鰻筒《うなぎづつ》**

真蒸し　まむし　三夏　⇨鰻

真烏賊　まいか　三夏　⇩烏賊《いか》（14頁）

鮑／鰒　あわび　あはび　三夏

5音　**鮑海女《あわびあま》**　**鮑取《あわびとり》**

蝤蛑　がざみ　三夏

4音　**海蟹《うみがに》**

5音 わたり蟹《がに》

がざめ　三夏　⇨蝤蛑

海月／水母　くらげ　三夏

4音 **海折《かいせつ》　石鏡《せききょう》**

5音 **水海月《みずくらげ》**

6音 **備前海月《びぜんくらげ》**

7音 **幽霊海月《ゆうれいくらげ》　行燈海月《あんどんくらげ》　越前水母《えちぜんくらげ》　天草水母《あまくさくらげ》**

まぼや　三夏　⇩海鞘《ほや》（15頁）

揚羽　あげは　三夏　⇩揚羽蝶（130頁）

例 水面から剝がれてゆきし揚羽かな　鴇田智哉

夏蚕　なつご　仲夏

最上質といわれる春の蚕《かいこ》の卵が夏に孵ったもの。

4音 **二番蚕《にばんこ》**

蚕蛾　さんが　仲夏

繭から出てきた蚕の成虫。

4音 **繭《まゆ》の蛾《が》　繭蝶《まゆちょう》**

5音 **繭《まゆ》の蝶《ちょう》　蚕《かいこ》の蛾《が》**

6音 **蚕《かいこ》の蝶《ちょう》**

灯虫／火虫　ひむし　三夏　⇩火取虫《ひとりむし》（130頁）

灯蛾　とうが　三夏　⇩蛾（8頁）

燭蛾　しょくが　三夏　⇩蛾（同右）

刺蛾　いらが　三夏　⇩蛾（同右）

蓑蛾　みのが　三夏　⇩蛾（同右）

毛虫　けむし　三夏

例 毛虫にも急ぎ足てふ後ろ足　海野良子

例 絶頂に来りて毛虫ただ戻る　山田耕司

5音 **毛虫焼《けむしや》く　毛虫這《けむしは》ふ**

蛍　ほたる　仲夏

例 学問は尻からぬけるほたる哉　蕪村

例 死蛍に照らしをかける蛍かな　永田耕衣

4音 **ほうたる　蛍火《ほたるび》　流蛍《りゅうけい》**

5音 **初蛍《はつぼたる》　夕蛍《ゆうぼたる》　宵蛍《よいぼたる》　姫蛍《ひめぼたる》　草蛍《くさぼたる》**

6音 **平家蛍**《へいけぼたる》　**源氏蛍**《げんじぼたる》

7音 **蛍合戦**《ほたるがつせん》

水馬　すいば　三夏　⇩水馬《あめんぼ》（80頁）

田亀　たがめ　三夏

体長五センチを超える水生昆虫。

4音 **どんがめ**

5音 **河童虫**《かつぱむし》

6音 **高野聖**《こうやひじり》

夜蟬　よぜみ　晩夏　⇩蟬（15頁）

やまめ　仲夏　⇩やご（15頁）

五月蠅　さばえ　さばへ　三夏　⇩蠅（15頁）

藪蚊　やぶか　三夏　⇩蚊（8頁）

縞蚊　しまか　三夏　⇩蚊（同右）

蚊粒　かつぶ　三夏　⇩蚊（同右）

糠蚊　ぬかか　三夏　⇩蠛蠓《まくなぎ》（81頁）

あまめ　三夏　⇩ごきぶり（82頁）

虱／蝨　しらみ　三夏

5音 **半風子**《はんぷうし》

雲母　きらら　晩夏　⇩紙魚《しみ》（16頁）

羽蟻／飛蟻　はあり　三夏

例 土間に這ふ羽蟻や破防法通る　佐藤鬼房

おけら　三夏　⇩螻蛄《けら》（16頁）

葉蜱　はだに　三夏　⇩蜱《だに》（16頁）

蠍　さそり　三夏

2音 **蝎**《かつ》

馬陸　やすで　三夏

4音 **臭虫**《くさむし》　**筬虫**《おさむし》　**雨彦**《あまびこ》　**銭虫**《ぜにむし》

5音 **円座虫**《えんざむし》

蜈蚣／百足虫／百足　むかで　三夏

例 勝つ事は勝てり蜈蚣と闘ひて　相生垣瓜人

例 百足虫ゐる家のレコード回りをり　岸本尚毅

5音 **赤蜈蚣**《あかむかで》

6音 **赤頭蜈蚣《あかずむかで》**　**青頭蜈蚣《あおずむかで》**

蝸牛　かぎゅう　くわぎう　三夏　⇩蝸牛《かたつむり》（134頁）

蚯蚓　みみず　三夏

例 蚯蚓より蚯蚓生まるる夜の星　野口る理

5音 **縞蚯蚓《しまみみず》**　**蚯蚓出《みみずい》づ**

赤子　あかご　三夏　⇩糸蚯蚓《いとみみず》（134頁）

糸蚯蚓の別名。体が赤みがかっていることから。

3音 植物

薔薇　そうび　さうび　初夏　⇩薔薇《ばら》（17頁）

例 電車待つ垣根の薔薇今朝は雨　高野素十

薔薇　しょうび　しやうび　初夏　⇩薔薇（同右）

野薔薇　のばら　初夏　⇩茨《いばら》の花（166頁）

茨　いばら　初夏　⇩茨の花（同右）

牡丹　ぼたん　初夏

例 夜空より雨落ち来たる牡丹かな　岸本尚毅

例 閻王《えんおう》の口や牡丹を吐《はか》んとす　蕪村

例 ぼうたんと豊かに申す牡丹かな　宗祇

4音 **ぼうたん**　**緋牡丹《ひぼたん》**

5音 **深見草《ふかみぐさ》**　**富貴草《ふうきそう》**　**白牡丹《はくぼたん》**　**牡丹園《ぼたんえん》**

四葩　よひら　仲夏　⇩紫陽花《あじさい》（83頁）

杜鵑花　さつき　仲夏

ツツジ科の常緑低木。園芸種が豊富で花は形も色も様々。

6音 **五月躑躅《さつきつつじ》**

素馨　そけい　三夏　⇩茉莉花《まつりか》（84頁）

花柚　はなゆ　初夏　⇩柚子《ゆず》の花（136頁）

実梅　みうめ　仲夏　⇩梅の実（84頁）

小梅　こうめ　仲夏

梅の品種の一つで、実や木が一般的な梅より小ぶり。

青柚　あおゆ　あをゆ　晩夏

まだ熟れていない青い状態の柚子の実。

4音 **青柚子《あおゆず》**

早桃　さもも　仲夏

六月に出回る早生《わせ》種の桃の実。「桃の実」は初秋の季語。

4音 **夏桃《なつもも》**

樹梅　じゅばい　仲夏　⇩楊梅《やまもも》（85頁）

李　すもも　仲夏

バラ科の落葉小高木。実の色は品種によって異なるが多くは赤紫色。プルーン、プラムは西洋種。

5音 **牡丹杏《ぼたんきょう》**

杏　あんず　仲夏

バラ科の落葉高木。梅よりやや大きく、熟すと甘い。

4音 **唐桃《からもも》**

5音 **杏《あんず》の実《み》**

鳳梨　ほうり　晩夏　⇩パイナップル（167頁）

バナナ　三夏

例 川を見るバナナの皮は手より落ち　高浜虚子

4音 **実《み》芭蕉《ばしょう》**

夏木　なつき　三夏　⇩夏木立（137頁）

新樹　しんじゅ　初夏

例 星の窓《まど》新樹の窓ととなりあふ　藤田哲史

若葉　わかば　初夏

5音 **若葉《わかば》時《どき》**　**若葉《わかば》寒《ざむ》**　**若葉《わかば》冷《ひえ》**　**若葉《わかば》風《かぜ》**　**若葉《わかば》雨《あめ》**　**若《わか》葉山《ばやま》**

青葉　あおば　あをば　三夏

5音 **青葉山《あおばやま》**　**青葉闇《あおばやみ》**　**青時雨《あおしぐれ》**　**青葉風《あおばかぜ》**

6音 **青葉《あおば》時雨《しぐれ》**

茂　しげり　三夏

例 ガソリンの一滴にほふ茂かな　津川絵理子

4音 **茂《しげ》り葉《は》**

茂る　しげる　三夏　⇨茂

木暮　こぐれ　三夏　⇩木下闇《こしたやみ》（138頁）

ゑにす　えにす　晩夏　⇩槐《えんじゅ》の花（168頁）

芽笹　めざさ　初夏　⇩篠《すず》の子《こ》（87頁）

渓蓀 あやめ 初夏

アヤメ科の多年草。草地に群生し、観賞用にも栽培。

例 老人を逆さに見ればあやめかな 鳥居真里子

4音 **野渓蓀**《のあやめ》

5音 **花渓蓀**《はなあやめ》

菖蒲 しょうぶ しやうぶ 仲夏

ショウブ科の多年草。川や池に群生。

4音 **白菖**《はくしょう》

5音 **水菖蒲**《みずしょうぶ》 **あやめぐさ**

あやめ 仲夏 ⇨菖蒲

イリス 仲夏 ⇩アイリス（87頁）

ダリア 晩夏

キク科の多年草。花は大ぶりで色や形が様々。

例 南浦和のダリヤを仮りのあはれとす 攝津幸彦

7音 **天竺牡丹**《てんじくぼたん》 **ポンポンダリア**

葵 あおい あふひ 仲夏

様々な品種をさす。最も目に触れやすいのは道の脇などによく植えられている「立葵《たちあおい》」。

5音 **花葵**《はなあおい》 **銭葵**《ぜにあおい》 **蜀葵**《からあおい》 **立葵**《たちあおい》 **蔓葵**《つるあおい》 **白葵**《しろあおい》

6音 **葵**《あおい》**の花**《はな》 **錦葵**《にしきあおい》

ポピー 三夏 ⇩雛罌粟《ひなげし》（88頁）

海芋 かいう 初夏

サトイモ科の多年草。白い苞葉を襟に見立てて「カラー」と呼ばれる。

7音 **阿蘭陀海芋**《おらんだかいう》

カラー 初夏 ⇨海芋

四時花 しじか しじくわ 三夏 ⇩日日草《にちにちそう》（170頁）

ジニア 晩夏 ⇩百日草《ひゃくにちそう》（170頁）

苺／覆盆子 いちご 初夏

4音 **野苺**《のいちご》

5音 **苺狩**《いちごがり》 **苺摘**《いちごつみ》

6音 **苺畑**《いちごばたけ》

真瓜　まくわ　まくは　晩夏　⇩甜瓜《まくわうり》（144頁）

胡瓜　きゅうり　きうり　晩夏

メロン　晩夏

6音　**マスクメロン　アムスメロン**

7音　**プリンスメロン　アンデスメロン　夕張《ゆうばり》メロン**

なすび　晩夏　⇩茄子《なす》（18頁）

トマト／蕃茄　とまと　晩夏

4音　**赤茄子《あかなす》**

蕃茄　ばんか　晩夏　⇨トマト

キャベツ　初夏

4音　**甘藍《かんらん》**

玉菜　たまな　初夏　⇨キャベツ

夏菜　なつな　三夏

夏に出回る菜物の総称。

らっきょ　三夏　⇩辣韮《らっきょう》（91頁）

パセリ　三夏

例　即興の雨をパセリとして過ごす　小津夜景

6音　**オランダ芹《ぜり》**

真蓼　またで　三夏　⇩蓼《たで》（18頁）

葉蓼　はたで　三夏　⇩蓼（同右）

蓼酢　たです　三夏　⇩蓼（同右）

蓼の葉をすりつぶして酢で伸ばしたもの。鮎の塩焼などに使う。

ひょうな　三夏　⇩莧《ひゆ》（18頁）

大葉　おおば　おほば　晩夏　⇩紫蘇《しそ》（18頁）

はちす　晩夏　⇩蓮《はす》の花（145頁）

銭荷　せんか　仲夏　⇩蓮《はず》の浮葉《うきは》（172頁）

銭葉　ぜには　仲夏　⇩蓮の浮葉（同右）

小麦　こむぎ　初夏　⇩麦（19頁）

麦生　むぎう　初夏　⇩麦（同右）

穂麦　ほむぎ　初夏　⇩麦（同右）

早苗　さなえ　さなへ　仲夏

稲の苗。苗代《なわしろ》から田に移し植えられる状態のもの。

4音 **若苗《わかなえ》　玉苗《たまなえ》　浮苗《うきなえ》　捨苗《すてなえ》**

5音 **早《さ》苗束《なえたば》　余苗《あまりなえ》　早《さ》苗舟《なえぶね》　早《さ》苗籠《なえかご》**

大麻　たいま　晩夏　⇩麻（19頁）

雄麻　おあさ　をあさ　晩夏　⇩桜麻《さくらあさ》（146頁）

雌麻　めあさ　晩夏　⇩桜麻（同右）

実麻　みあさ　晩夏　⇩桜麻（同右）

太藺　ふとい　ふとゐ　三夏

沼地などに群生。茎は直立し筵《むしろ》などの材料になる。

4音 **丸蒲《まるがま》　丸菅《まるすげ》**

大藺　おおい　おほゐ　三夏　⇨太藺

青藺　あおい　あをゐ　三夏　⇨太藺

唐藺　とうい　たうゐ　三夏　⇨太藺

葎　むぐら　三夏

広範囲に生い茂る雑草のこと。

4音 **葎生《むぐらう》**

5音 **八重葎《やえむぐら》**

6音 **小児教草《こおしえぐさ》**

ダチュラ　晩夏　⇩朝鮮朝顔《ちょうせんあさがお》（192頁）

紫蘭／白及　しらん　初夏

ラン科の多年草。数十センチの花茎の先に紫色の花。

リリー　初夏　⇩鈴蘭（93頁）

真菰　まこも　三夏

沼などに自生するイネ科の多年草。古くから筵《むしろ》にしたり、若芽を食用にしたりした。

2音 **菰《こも》**

4音 **伏柴《ふししば》**

5音 **粽草《ちまきぐさ》　花且見《はなかつみ》　且見草《かつみぐさ》　真《ま》菰草《こもぐさ》**

生藺　なまい　なまゐ　仲夏　⇩沢瀉《おもだか》（94頁）

野茨菰　やしこ　仲夏　⇩沢瀉（同右）

浮薔　ふしょう　ふしやう　晩夏　⇩水葵《みずあおい》（148頁）

藺草　いぐさ　ゐぐさ　仲夏　⇩藺《い》の花（94頁）

細藺　ほそい　ほそゐ　仲夏　⇩藺の花（同右）

藜　あかざ　三夏

一年草の雑草。黄緑色、緑白色の小花が穂状に咲く。

羊蹄根　しのね　仲夏　⇩羊蹄《ぎしぎし》の花（187頁）

半夏　はんげ　仲夏　⇩烏柄杓《からすびしゃく》（174頁）

蔓菜／蕃杏　つるな　三夏

ハマミズナ科の多年草。食用に栽培もされる。茎が蔓状に地面を這い、花弁のない黄色の小花をつける。

4音　**浜萵苣**《はまぢしゃ》

浜菜　はまな　三夏　⇨蔓菜

忍　しのぶ　三夏

森で木に着くシダ植物。吊忍《つりしのぶ》（114頁）にして楽しむ。

6音　**事無草**《ことなしぐさ》

黄菅　きすげ　晩夏　⇩夕菅《ゆうすげ》（96頁）

花藻　はなも　仲夏　⇩藻の花（96頁）

浅沙／莕菜　あさざ　三夏

水草の一つ。切れ込みのある浮葉で黄色の五弁花。

5音　**金蓮子**《きんれんじ》

6音　**花蓴菜**《はなじゅんさい》

松藻　まつも　三夏　⇩金魚藻（96頁）

蛭藻　ひるも　三夏　⇩蛭蓆《ひるむしろ》（151頁）

笹藻　ささも　三夏　⇩蛭蓆（同右）

蓴　ぬなわ　ぬなは　三夏　⇩蓴菜《じゅんさい》（97頁）

さまつ　仲夏　⇩早《さ》松茸《まつたけ》（151頁）

毛黴　けかび　仲夏　⇩黴《かび》（19頁）

海蘿／布海苔　ふのり　三夏

紅藻類フノリ科の総称。食品や糊として利用される。

5音　**海蘿掻**《ふのりかき》

昆布　こんぶ　晩夏

ひろめ　晩夏　⇨昆布

4音の季語

4音 時候

炎帝 えんてい 三夏 ⇩夏（9頁）

例 炎帝に組み伏せられてゐるごとし 谷雅子

蒸炒 じょうそう 三夏 ⇩夏（同右）

初夏 はつなつ 初夏 ⇩初夏《しょか》（9頁）

例 目が覚めてをりはつなつの畳の香 石田郷子

例 初夏の版下あはれ書物果つ 閒村俊一

夏立つ なつたつ 初夏 ⇩立夏（20頁）

夏めく なつめく 初夏

例 書肆の灯や夏めく街の灯の中に 五十嵐播水

5音 ▷ **夏兆《なつきざ》す**

若夏 わかなつ 初夏

沖縄の古語。五月から六月をさす。

夏口 なつぐち 初夏 ⇨若夏

軽暖 けいだん 初夏 ⇩薄暑《はくしょ》（20頁）

例 軽暖や写楽十枚ずいと見て 飯島晴子

麦秋 ばくしゅう ばくしう 初夏 ⇩麦の秋（98頁）

麦秋 むぎあき 初夏 ⇩麦の秋（同右）

小満 しょうまん せうまん 初夏

二十四節気で五月二一日頃から約一五日間。

六月 ろくがつ ろくぐわつ 仲夏

例 六月を綺麗な風の吹くことよ 正岡子規

例 六月に生まれて鈴をよく拾ふ 生駒大祐

例 ろくぐわつをあくせくと生き獣肉《ももんじい》 八田木枯

入梅 にゅうばい にふばい 仲夏

梅雨入 つゆいり 仲夏 ⇩梅雨《つゆ》に入《い》る（98頁）

梅雨めく つゆめく 仲夏 ⇩梅雨に入る（同右）

梅雨寒　つゆざむ　仲夏

5音　**梅雨《つゆ》寒《さむ》し**

梅雨冷　つゆびえ　仲夏　⇨梅雨寒

水無月　みなづき　晩夏

旧暦六月の異称。

6音　**風待月《かぜまちづき》**　**常夏月《とこなつづき》**　**青水《あおみ》無月《なづき》**

七月　しちがつ　しちぐわつ　晩夏

例　七月や雨脚を見て門司にあり　藤田湘子

例　七月や深井戸に水起ちあがり　中尾寿美子

梅雨明　つゆあけ　晩夏

5音　**梅雨《つゆ》の明《あけ》**　**梅雨《つゆ》あがる**　**梅雨《つゆ》の後《あと》**

梅雨明く　つゆあく　晩夏　⇨梅雨明

夏の日　なつのひ　三夏

夏の一日、夏の太陽、どちらにも用いる。

3音　**夏日《なつび》**　**夏日《かじつ》**

5音　**夏日《なつひ》向《なた》**　**夏日《なつひ》影《かげ》**

夏の夜　なつのよ　三夏

5音　**夏《なつ》の夜半《よわ》**

短夜　みじかよ　三夏

3音　**短夜《たんや》**

明易　あけやす　三夏　⇨短夜

5音　**明易《あけやす》し**　**明早《あけはや》し**　**明急《あけいそ》ぐ**

真夏日　まなつび　晩夏　⇩盛夏（21頁）

三伏　さんぷく　晩夏

七月中旬から八月中旬の最も暑い時期。中国の陰陽五行説から生まれた区分で、もとは初伏《しょふく》、中伏《ちゅうふく》、末伏《まっぷく》に分かれたが、現在は三伏と総称する。

3音　**初伏《しょふく》**

中伏　ちゅうふく　晩夏　⇨三伏

末伏　まっぷく　晩夏　⇨三伏

暑き日　あつきひ　三夏　⇩暑し（22頁）

暑き夜　あつきよ　三夏　⇩暑し（同右）

炎熱　えんねつ　晩夏　⇩炎暑（22頁）

朝涼　あさすず　三夏　⇩涼し（22頁）

夕涼　ゆうすず　ゆふすず　三夏　⇩涼し（同右）

晩涼　ばんりょう　ばんりやう　三夏　⇩涼し（同右）

涼しさ　すずしさ　三夏　⇩涼し（同右）

例 涼しさや鐘をはなるゝかねの声　蕪村

夏果　なつはて　晩夏　⇩夏《なつ》の果《はて》（100頁）

夏果つ　なつはつ　晩夏　⇩夏の果（同右）

ゆく夏　ゆくなつ　晩夏　⇩夏の果（同右）

例 ゆく夏の幾山越えて夕日去る　飯田龍太

夏ゆく　なつゆく　晩夏　⇩夏の果（同右）

秋待つ　あきまつ　晩夏　⇩秋を待つ（100頁）

4音　天文

夏空　なつぞら　三夏　⇩夏の空（100頁）

梅雨空　つゆぞら　仲夏

5音　梅雨《つゆ》の空《そら》　皐月空《さつきぞら》

梅天　ばいてん　仲夏　⇨梅雨空

夏雲　なつぐも　三夏　⇩夏の雲（100頁）

峰雲　みねぐも　三夏　⇩雲の峰（101頁）

立ち雲　たちぐも　三夏　⇩雲の峰（同右）

雷雲　らいうん　三夏　⇩雲の峰（同右）

麦星　むぎぼし　仲夏　⇩梅雨の星（101頁）

夏風　なつかぜ　三夏　⇩夏の風（101頁）

南風　なんぷう　三夏　⇩南風《みなみかぜ》（101頁）

正南風　まみなみ　三夏　⇩南風（同右）

南東風　はえごち　三夏　⇩南風《はえ》（9頁）

南西風　はえにし　三夏　⇩南風（同右）

黒南風　くろはえ　仲夏

入梅の頃に吹く南風。

例 黒南風や潜水服の護謨《ゴム》匂ふ　相子智恵

荒南風　あらはえ　仲夏　⇨黒南風

白南風　しろはえ　晩夏

梅雨明けの頃に東南の方角から吹く風。

例 白南風や鳥に生まれて鳥を追ひ　杉山久子

白南風　しらはえ　晩夏　⇨白南風

青東風　あおごち　あをごち　晩夏　⇩土用東風《どようごち》（102頁）

よく晴れた日に吹く土用東風。

薫風　くんぷう　三夏　⇩風薫《かぜかお》る（102頁）

温風　おんぷう　をんぷう　晩夏

梅雨明け以降に吹く温かい南風。

温風　うんぷう　晩夏　⇨温風

熱風　ねっぷう　晩夏

盛夏に吹く熱気を帯びた南風。

乾風　かんぷう　晩夏　⇨熱風

炎風　えんぷう　晩夏　⇨熱風

涼風　すずかぜ　晩夏

夏の暑さのなか涼しさを感じる風。

5音　風涼《かぜすず》し

涼風　りょうふう　りやうふう　晩夏　⇨涼風

朝凪　あさなぎ　晩夏

朝、陸風から海風に替わるときの無風。

朝凪ぐ　あさなぐ　晩夏　⇨朝凪

夕凪　ゆうなぎ　ゆふなぎ　晩夏

夕刻、海風から陸風に替わるときの無風。

例 日も月もなき夕凪の真平ら　岸本尚毅

夕凪ぐ　ゆうなぐ　ゆふなぐ　晩夏　⇨夕凪

風死す　かぜしす　晩夏

盛夏の頃、吹いていた風が止むこと。

前梅雨　まえづゆ　まへづゆ　初夏　⇩走《はし》り梅雨《づゆ》（102頁）

梅霖　ばいりん　仲夏　⇩梅雨《つゆ》（10頁）

青梅雨　あおづゆ　あをづゆ　仲夏　⇩梅雨（同右）

荒梅雨　あらづゆ　仲夏　⇩梅雨（同右）

長梅雨　ながづゆ　仲夏　⇩梅雨（同右）

梅雨時　つゆどき　仲夏　⇩梅雨（同右）

空梅雨　からつゆ　仲夏

梅雨時なのに雨があまり降らないこと。

5音　**旱梅雨**《ひでりづゆ》

涸梅雨　かれつゆ　仲夏　⇨空梅雨

照り梅雨　てりつゆ　仲夏　⇨空梅雨

五月雨　さみだれ　仲夏

旧暦五月（新暦六月）の長雨。

例　さみだれを集めて長きまつげかな　前田霧人

5音　**五月雨**《さつきあめ》

6音　**五月雨雲**《さみだれぐも》

さみだる　仲夏　⇨五月雨

夕立　ゆうだち　ゆふだち　三夏

例　栞も指も挟み夕立見てをりぬ　中山奈々

3音　**ゆだち**　**よだち**　**驟雨**《しゅうう》　**白雨**《はくう》

6音　**夕立雲**《ゆうだちぐも》　**夕立晴**《ゆうだちばれ》　**夕立風**《ゆうだちかぜ》

4
音

村雨　むらさめ　三夏　⇨夕立

白雨　しらさめ　三夏　⇨夕立

スコール　三夏　⇨夕立

片降　かたふり　三夏　⇨夕立

片降い　かたぶい　三夏　⇨夕立

夏霧　なつぎり　三夏

5音　**夏**《なつ》**の霧**《きり》

雲海　うんかい　晩夏

高所から見下ろす雲。

例　雲海を抜けて時計の統《す》べる国　黒岩徳将

円虹　えんこう　ゑんこう　晩夏　⇩御来迎《ごらいごう》（103頁）

朝虹　あさにじ　三夏　⇩虹（10頁）

夕虹　ゆうにじ　ゆふにじ　三夏　⇩虹（同右）

例　理髪師が来る夕虹をしたたらし　柿本多映

虹立つ　にじたつ　三夏　⇩虹（同右）

虹の輪　にじのわ　三夏　⇩虹（同右）

白虹　びゃっこう　びやくこう　三夏　⇩虹（同右）

雷／神鳴　かみなり　三夏

2音　**雷《らい》**

3音　**雷火《らいか》　雷雨《らいう》**

5音　**はたた神《がみ》　日雷《ひかみなり》**

いかづち　三夏　⇨雷《かみなり》

霹靂　へきれき　三夏　⇨雷

鳴神　なるかみ　三夏　⇨雷

遠雷　えんらい　ゑんらい　三夏　⇨雷

落雷　らくらい　三夏　⇨雷

雷鳴　らいめい　三夏　⇨雷

迅雷　じんらい　三夏　⇨雷

雷声　らいせい　三夏　⇨雷

雷響　らいきょう　らいきやう　三夏　⇨雷

雷霆　らいてい　三夏　⇨雷

軽雷　けいらい　三夏　⇨雷

梅雨雲　つゆぐも　仲夏　⇩梅雨曇《つゆぐもり》（104頁）

梅雨闇　つゆやみ　仲夏　⇩五月闇《さつきやみ》（104頁）

夏闇　なつやみ　仲夏　⇩五月闇（同右）

朝焼　あさやけ　晩夏

6音　**朝焼雲《あさやけぐも》**

夕焼　ゆうやけ　ゆふやけ　晩夏

例　暗くなるまで夕焼を見てゐたり　仁平勝

3音　**ゆやけ**

6音　**夕焼雲《ゆうやけぐも》　梅雨《つゆ》夕焼《ゆうやけ》　夕焼空《ゆうやけぞら》**

日盛　ひざかり　晩夏

5音　**日《ひ》の盛《さかり》**

炎天　えんてん　晩夏

例　炎天の犬捕り低く唄い出す　西東三鬼

例　炎天の遠き帆やわがこころの帆　山口誓子

3音　**炎気《えんき》**

5音　**炎天下《えんてんか》**

炎日　えんじつ　晩夏　⇨炎天

片蔭／片陰　かたかげ　晩夏
道の片側に建物や塀、日除の垣根などに沿って色濃くできる日陰。

5音 **片《かた》かげり**

旱魃　かんばつ　晩夏　⇩旱《ひでり》（23頁）

旱害　かんがい　晩夏　⇩旱（同右）

旱天　かんてん　晩夏　⇩旱（同右）

大旱　たいかん　晩夏　⇩旱（同右）

4音　地理

夏山　なつやま　三夏　⇩夏の山（104頁）

夏富士　なつふじ　三夏

5音 **夏《なつ》の富士《ふじ》**

赤富士　あかふじ　晩夏
山梨県側から眺める富士山（裏富士）が朝日を浴びて赤く染まること。

雪渓　せっけい　晩夏
夏になっても解けずに残っている高所の積雪。

クレバス　晩夏　⇨雪渓

卯月野　うづきの　三夏　⇩夏野（23頁）

五月野　さつきの　三夏　⇩夏野（同右）

夏の野　なつのの　三夏　⇩夏野（同右）

梅雨穴　つゆあな　仲夏
梅雨時に降り続く雨による地面の陥没。

梅雨の井　つゆのい　つゆのゐ　仲夏　⇨梅雨穴

濁り井　にごりい　にごりゐ　仲夏
多量の降雨で井戸の水嵩が増し、濁ること。

5音 **井《い》水《みず》増《ま》す**

夏川　なつがわ　なつがは　三夏　⇩夏の川（105頁）

水害　すいがい　仲夏　⇩出水《でみず》（24頁）

夏海　なつうみ　三夏　⇩夏の海（105頁）

4音

夏波　なつなみ　三夏　⇩夏の波（106頁）

夏潮　なつじお　なつじほ　三夏　⇩夏の潮（106頁）

苦潮　にがしお　にがしほ　三夏　⇩夏の潮（同右）

青潮　あおじお　あをじほ　初夏　⇩青葉潮《あおばじお》（106頁）

赤潮　あかしお　あかしほ　三夏

プランクトンの増殖によって海水が赤くなる現象。

5音　**くされ潮《じお》**

灼け砂　やけすな　晩夏　⇩熱砂《ねっさ》（24頁）

砂炎ゆ　すなもゆ　晩夏　⇩熱砂（同右）

早苗田　さなえだ　さなへだ　仲夏　⇩植田（24頁）

五月田　さつきだ　仲夏　⇩植田（同右）

日焼田　ひやけだ　晩夏

日照りで水が涸れた田。

3音　**涸田《かれた》**　**焼《や》け田《た》**

5音　**旱魃田《かんばつだ》**

旱田　ひでりだ　晩夏　⇨日焼田

乾割れ田　ひわれだ　晩夏　⇨日焼田

やり水　やりみず　やりみづ　三夏　⇩泉（24頁）

真清水　ましみず　ましみづ　三夏　⇩清水（25頁）

滴り　したたり　三夏

崖や岩肌の裂け目からこぼれ落ちる水滴。

例　滴りの音の溜まってゆく身体　近恵

6音　**岩滴《いわしたた》る**　**崖滴《がけしたた》る**

滴る　したたる　三夏　⇨滴り

滝壺　たきつぼ　三夏　⇩滝（11頁）

例　滝壺に滝活けてある眺めかな　中原道夫

滝風　たきかぜ　三夏　⇩滝（同右）

滝道　たきみち　三夏　⇩滝（同右）

4音　生活

夏物　なつもの　三夏　⇩夏衣《なつごろも》（107頁）

夏衣　なつぎぬ　三夏　⇩夏衣（同右）

麻衣　あさぎぬ　三夏　⇩夏衣（同右）

夏服　なつふく　三夏

5音 **サマーウェア　サンドレス　あっぱっぱ**

6音 **サマードレス　簡単服《かんたんふく》**

麻服　あさふく　三夏　⇨夏服

白服　しろふく　晩夏

白装　はくそう　はくさう　晩夏　⇨白服

綿抜　わたぬき　初夏　⇩袷《あわせ》（25頁）

素袷　すあわせ　すあはせ　初夏　⇩袷（同右）

帷子　かたびら　晩夏

麻などを使った単衣《ひとえ》（25頁）。

5音 **絵帷子《えかたびら》　黄帷子《きかたびら》　辻《つじ》が花《はな》**

6音 **白帷子《しろかたびら》　染帷子《そめかたびら》**

羅　うすもの　晩夏

薄絹など通気性の高い素材で作った単衣《ひとえ》。

例 羅をゆるやかに着て崩れざる　松本たかし

1音 **紗《しゃ》　絽《ろ》**

3音 **軽羅《けいら》　透綾《すきや》　綾羅《りょうら》**

5音 **薄衣《うすごろも》　蟬衣《せみごろも》**

7音 **蟬《せみ》の羽衣《はごろも》**

科布　しなぬの　三夏　⇩生布《きぬの》（25頁）

縮布　ちぢみふ　三夏　⇩縮《ちぢみ》（26頁）

芭蕉布　ばしょうふ　ばせうふ　三夏

芭蕉の皮の繊維で作った織物。

甚平　じんべい　晩夏

前で合わせて紐で結ぶ夏の普段着。羽織のような袂《たもと》がない。

すててこ　晩夏

例 すててこにしては遠出をしてゐたる　石田郷子

浴衣地　ゆかたじ　ゆかたぢ　三夏　⇩浴衣《ゆかた》（26頁）

汗衫／汗取　あせとり　三夏

汗対策に着る肌着。古くは晒布《さらし》や麻布《あさふ》など。現在はガーゼなど。

夏シャツ　三夏

5音 **アロハシャツ**

6音 **開襟《かいきん》シャツ**

白シャツ　しろシャツ　三夏　⇨夏シャツ

夏帯　なつおび　三夏

絽《ろ》や紗《しゃ》などの薄手の生地で作った帯。

腹当　はらあて　三夏

寝冷えを防ぐために腹部に巻くもの。

腹掛　はらかけ　三夏　⇨腹当

腹巻　はらまき　三夏　⇨腹当

夏帽　なつぼう　三夏　⇩夏帽子（108頁）

夏足袋　なつたび　三夏

白靴　しろぐつ　三夏

サンダル　三夏

例　サンダル裏すりへりたるや層見ゆる　藤田哲史

ハンカチ　三夏

例　たはむれにハンカチ振つて別れけり　星野立子

5音 **汗拭《あせぬぐ》ひ**

6音 **ハンカチーフ**

ハンケチ　三夏　⇨ハンカチ

汗ふき　あせふき　三夏　⇨ハンカチ

豆飯　まめめし　初夏

5音 **豆御飯《まめごはん》**

麦飯　むぎめし　初夏

巻鮓　まきずし　三夏　⇩鮓《すし》（11頁）

押鮓　おしずし　三夏　⇩鮓（同右）

箱鮓　はこずし　三夏　⇩鮓（同右）

馴鮓　なれずし　三夏　⇩鮓（同右）

鮎鮓　あゆずし　三夏　⇩鮓（同右）

鯖鮓　さばずし　三夏　⇩鮓（同右）

鯛鮓　たいずし　たひずし　三夏　⇩鮓（同右）

笹鮓　ささずし　三夏　⇩鮓（同右）

鮓桶　すしおけ　三夏　⇩鮓（同右）

水飯　すいはん　晩夏
炊いた米や乾飯《ほしいい》を水に浸したもの。

水飯　みずめし　みづめし　晩夏　⇨水飯

乾飯／干飯　ほしいい　ほしいひ　晩夏
乾燥させた飯。携帯炊飯に用いた。

乾飯　かれいい　かれいひ　晩夏　⇨乾飯

飯笊　めしざる　三夏
竹製の飯櫃《めしびつ》。暑さで米が饐《す》えるのを防いだ。

飯籠　めしかご　三夏　⇨飯笊

飯饐ゆ　めしすゆ　三夏
暑さのために飯が饐えること。

饐飯　すえめし　三夏　⇨飯饐ゆ

冷汁　ひやじる　三夏
冷やした味噌汁などの汁物。

5音 **冷《ひや》し汁《じる》**

冷麦　ひやむぎ　三夏

瓜揉　うりもみ　三夏

瓜漬　うりづけ　三夏

乾瓜／干瓜　ほしうり　三夏

6音 **雷干《かみなりぼし》**

茄子漬　なすづけ　三夏

5音 **茄子《なすび》漬《づけ》**

6音 **浅漬《あさづけ》茄子《なす》**

茄子漬く　なすつく　三夏　⇨茄子漬

鴫焼　しぎやき　三夏
皮つきの茄子を焼き、味噌だれをつけたもの。

6音 **茄子《なす》田楽《でんがく》**

7音 **茄子《なす》の鴫焼《しぎやき》**

焼茄子　やきなす　三夏

梅干す　うめほす　晩夏

例　梅干して人は日陰にかくれけり　中村汀女

6音　**梅干漬**《うめぼしづけ》　**夜干**《よぼし》**の梅**《うめ》

梅干　うめぼし　晩夏　⇨梅干す

干梅　ほしうめ　晩夏　⇨梅干す

梅漬　うめづけ　晩夏　⇨梅干す

梅漬く　うめつく　晩夏　⇨梅干す

伽羅蕗　きゃらぶき　三夏

地ビール　じビール　ぢビール　三夏　⇩ビール（27頁）

焼酎　しょうちゅう　せうちう　三夏

6音　**芋焼酎**《いもしょうちゅう》　**蕎麦焼酎**《そばしょうちゅう》　**麦焼酎**《むぎしょうちゅう》　**黍焼酎**《きびしょうちゅう》

8音　**粕取焼酎**《かすとりしょうちゅう》

泡盛　あわもり　三夏　⇨焼酎

冷酒　ひやざけ　晩夏

3音　**冷酒**《れいしゅ》

5音　**冷**《ひや》**し酒**《ざけ》

甘酒　あまざけ　三夏

3音　**醴**《こざけ》　**醴酒**《れいしゅ》

5音　**一夜酒**《ひとよざけ》　**甘酒屋**《あまざけや》

走り茶　はしりちゃ　初夏　⇩新茶（27頁）

葛水　くずみず　くずみづ　三夏

葛粉と砂糖を溶かした飲料。冷やして飲む。

蜜水　みつすい　三夏　⇩砂糖水（110頁）

サイダー　三夏

例　ワイシャツは白くサイダー溢るゝ卓　三島由紀夫

シトロン　三夏　⇨サイダー

ジェラート　三夏　⇩アイスクリーム（177頁）

葛餅　くずもち　三夏

葛麺　くずめん　三夏　⇨葛餅

葛切　くずきり　三夏

葛練　くずねり　三夏　⇨葛切

白玉　しらたま　三夏

例　白玉や死んだ友みなどんぶらこ　佐山哲郎

煮小豆　にあずき　にあづき　三夏　⇩茹小豆《ゆであずき》（110頁）

蜜豆　みつまめ　三夏

例 蜜豆をたべるでもなくよく話す　高浜虚子

餡蜜　あんみつ　三夏　⇨蜜豆

例 あんみつの餡たつぷりの場末かな　草間時彦

麨　はったい　三夏

米や麦の新穀を炒《い》って粉にしたもの。湯で溶いたり砂糖や水飴と捏ね合わせて食べる。

5音 **麨粉《はったいこ》　麦炒粉《むぎいりこ》　麦《むぎ》こがし**

生節　なまぶし　三夏

5音 **なまり節《ぶし》**

鱧ちり　はもちり　三夏

5音 **湯引《ゆび》き鱧《はも》　鱧《はも》の皮《かわ》　鱧茶漬《はもちゃづけ》　鱧料理《はもりょうり》**

鱧鮨　はもずし　三夏　⇨鱧ちり

干河豚／乾河豚　ほしふぐ　三夏

水貝　みずがい　みづがひ　三夏

水で洗った鮑を角切りにして塩水に浮かべたもの。彩りに野菜やフルーツを加えることも。

生貝　なまがい　なまがひ　三夏　⇨水貝

夏の灯　なつのひ　三夏

5音 **夏《なつ》ともし**

灯涼し　ひすずし　三夏　⇨夏の灯

夏の炉　なつのろ　三夏　⇩夏炉《なつろ》（28頁）

ベランダ　三夏　⇩露台《ろだい》（28頁）

水殿　みずどの　みづどの　三夏　⇩泉殿《いずみどの》（111頁）

水亭　すいてい　三夏　⇩泉殿（同右）

滝殿　たきどの　三夏

納涼のため滝のそばに設《しつら》えた建造物。

噴水　ふんすい　三夏

例 がんばつてゐる噴水の機械かな　岸本尚毅

例 噴水や日本に今も柳腰　太田うさぎ

例 噴水にはらわたの無き明るさよ　橋閒石

吹上　ふきあげ　三夏　⇨噴水

噴泉　ふんせん　三夏　⇨噴水

夏掛　なつがけ　三夏　⇩夏蒲団（111頁）

花茣蓙　はなござ　三夏

花柄などを編み込んだ茣蓙。板の間などに敷く。

3音　**絵茣蓙**《えござ》

5音　**綾筵**《あやむしろ》

絵筵　えむしろ　ゑむしろ　三夏　⇨花茣蓙

寝筵　ねむしろ　三夏　⇩寝茣蓙《ねござ》（28頁）

蒲茣蓙　がまござ　⇩蒲筵《がまむしろ》（111頁）

竹席　ちくせき　三夏　⇩簟《たかむしろ》（112頁）

陶枕　とうちん　たうちん　三夏

陶器でできた枕。

例　陶枕の雲の冷えともつかぬもの　安里琉太

3音　**磁枕**《じちん》

5音　**陶磁枕**《とうじちん》　**石枕**《いしまくら》　**金枕**《かねまくら》　**竹枕**《たけまくら》

抱籠　だきかご　三夏　⇩竹婦人《ちくふじん》（112頁）

網窓　あみまど　三夏　⇩網戸《あみど》（28頁）

日覆　ひおおい　ひおほひ　三夏　⇩日除《ひよけ》（28頁）

簾戸　すだれど　三夏　⇩簾《すだれ》（28頁）

籐椅子　とういす　三夏

5音　**籐寝椅子**《とうねいす》

吊床　つりどこ　三夏　⇩ハンモック（113頁）

水盤　すいばん　三夏

水を張って使う浅い器。花を活けるなどして涼味を愉しむ。

ギヤマン　三夏

ガラス器のこと。

3音　**切子**《きりこ》

ビードロ　三夏　⇨ギヤマン

蠅除　はえよけ　はへよけ　三夏

食べ物に蠅がとりつかないよう被せておくもの。

蠅帳 はえちょう はへちやう 三夏 ⇨蠅除

蚊帳 ぶんちょう ぶんちやう 三夏 ⇩蚊帳《かや》（11頁）

青蚊帳 あおがや あをがや 三夏 ⇩蚊帳（同右）

例 青蚊帳に父の潜水艦がいる 菊地京子

白蚊帳 しろかや 三夏 ⇩蚊帳（同右）

初蚊帳 はつかや 三夏 ⇩蚊帳（同右）

蚊遣火 かやりび 三夏 ⇩蚊遣《かやり》（29頁）

掛香 かけこう かけかう 三夏 ⇩匂袋《においぶくろ》（157頁）

香水 こうすい かうすい 三夏

例 香水に「毒」の名ありて金曜日 笠井亞子

冷房 れいぼう れいばう 晩夏

例 冷房や「無題」が題の絵が並び 岡野泰輔

5音 **冷房車**《れいぼうしゃ》

クーラー 晩夏 ⇨冷房

例 クーラーのきいて夜空のやうな服 飯田晴

絵扇 えおうぎ ゑあふぎ 三夏 ⇩扇《おうぎ》（29頁）

絵団扇 えうちわ ゑうちは 三夏 ⇩団扇《うちわ》（29頁）

例 絵団扇が株式欄に伏せてあり 大石雄鬼

風鈴 ふうりん 三夏

例 産地名下げて風鈴鳴りつづく 関口恭代

例 風鈴を百年同じ釘に吊る 山崎祐子

6音 **風鈴売**《ふうりんうり》

7音 **南部風鈴**《なんぶふうりん》

パラソル 三夏 ⇩日傘《ひがさ》（29頁）

例 パラソルの棒パラソルの穴の中 大野泰雄

絵日傘 えひがさ ゑひがさ 三夏 ⇩日傘（同右）

虫干 むしぼし 晩夏

書籍・書画、衣類などを陰干しにすること。土用（21頁）に行う風習があった。

3音 **曝書**《ばくしょ》

5音 **虫払**《むしばらい》 **土用干**《どようぼし》 **書**《しょ》**を曝**《さら》**す**

晒井 さらしい さらしゐ 晩夏

4音

井戸の水を汲み上げて掃除すること。年に一度、夏に行われた。

5音 井戸浚《いどさらえ》

芝刈 しばかり 晩夏

打水 うちみず うちみづ 三夏

水撒 みずまき みづまき 三夏 ⇨打水

水打つ みずうつ みづうつ 三夏 ⇨打水

行水 ぎょうずい ぎやうずい 晩夏

夜濯 よすすぎ 晩夏

例 誰からも遠く夜濯してゐたる 太田うさぎ

水売 みずうり みづうり 三夏

麦刈 むぎかり 初夏

麦扱 むぎこき 初夏

麦の穂を千歯《せんば》扱《こき》などで刮《こそ》ぎ落とす作業。

麦打 むぎうち 初夏

麦の穂を殻竿《からざお》で打って芒《のぎ》を取り除く作業。

5音 麦叩《むぎたたき》 麦埃《むぎぼこり》

6音 麦殻焼《むぎがらやき》

新麦 しんむぎ 初夏

5音 今年麦《ことしむぎ》

麦藁 むぎわら 初夏

麦稈 むぎがら 初夏 ⇨麦藁

代掻 しろかき 初夏

田に水を入れ土を細かくする作業。

3音 田掻《たかき》 田掻《たか》く

5音 田掻牛《たかきうし》 田掻馬《たかきうま》

代掻く しろかく 初夏 ⇨代掻

苗取 なえとり なへとり 仲夏

苗代で育った稲の苗を抜く作業。

5音 早《さ》苗取《なえとり》

稲取 いねとり 仲夏 ⇨苗取

早乙女 さおとめ さをとめ 仲夏

苗取《なえとり》や田植の作業をする女性。

6音 **五月乙女**《さつきおとめ》

五月女　さつきめ　仲夏　⇨早乙女

田植女　たうえめ　たうゑめ　仲夏　⇨早乙女

例　田植女のざぶざぶ何か用かと来　谷口智行

雨乞　あまごい　あまごひ　仲夏

2音 **祈雨**《きう》

水番　みずばん　みづばん　仲夏　⇩水盗む（115頁）

草取　くさとり　晩夏

3音 **除草**《じょそう》

5音 **草**《くさ》**むしり**

草引く　くさひく　晩夏　⇨草取

豆蒔く　まめまく　初夏

豆類の種蒔き。おおむね五月から六月。

5音 **大豆蒔**《だいずま》**く**　**小豆蒔**《あずきま》**く**

豆植う　まめうう　初夏　⇨豆蒔く

茄子植う　なすうう　初夏

春に蒔いた種から育った茄子の苗を植えること。

菊挿す　きくさす　仲夏

菊を挿し木で育てること。おおむね五月から六月。

6音 **菊**《きく》**の挿芽**《さしめ》

挿菊　さしぎく　仲夏　⇨菊挿す

蕗伐　ふききり　初夏

山蕗を収穫すること。

麻刈　あさかり　晩夏

大麻の葉が枯れ始めた頃に刈り、繊維をとるなどする。

麻引　あさひき　晩夏　⇨麻刈

藍刈　あいかり　あゐかり　晩夏

染料にする藍の刈り取り。七月頃から一回から二回。

藍玉　あいだま　あゐだま　晩夏　⇨藍刈

菅刈　すげかり　晩夏

蓑《みの》や笠の材料にした菅の刈り取り。

瓜番　うりばん　晩夏

夜に盗まれないよう瓜畑を見張ること。

6音　**瓜番小屋**《うりばんごや》　**瓜盗人**《うりぬすっと》

瓜守　うりもり　晩夏　⇨瓜番

瓜小屋　うりごや　晩夏　⇨瓜番

竹植う　たけうう　仲夏

竹は旧暦五月一三日に植えるとよく育つとの中国の俗信から梅雨時に植えることが多い。

草刈　くさかり　三夏

5音　**草刈機**《くさかりき》

6音　**牧草刈**《ぼくそうか》**る**

下刈　したかり　三夏　⇨草刈

干草／乾草　ほしくさ　晩夏

冷害　れいがい　晩夏

繭掻　まゆかき　初夏　⇩繭《まゆ》（12頁）

繭買　まゆかい　まゆかひ　初夏　⇩繭（同右）

繭市　まゆいち　初夏　⇩繭（同右）

繭干す　まゆほす　初夏　⇩繭（同右）

繭籠　まゆかご　初夏　⇩繭（同右）

白繭　しろまゆ　初夏　⇩繭（同右）

糸取　いととり　仲夏

繭から糸を取る作業。まず繭を煮てから糸を手繰《たぐ》る。

糸引　いとひき　仲夏　⇨糸取

繭煮る　まゆにる　仲夏　⇨糸取

川狩　かわがり　かはがり　三夏

網などを用いて川魚を捕ること。

鮎釣　あゆつり　三夏

5音　**囮鮎**《おとりあゆ》　**鮎**《あゆ》**の宿**《やど》

鮎狩　あゆがり　三夏　⇨鮎釣

鮎漁　あゆりょう　あゆれふ　三夏　⇨鮎釣

梁打つ　やなうつ　三夏　⇩梁《やな》（12頁）

梁さす　やなさす　三夏　⇩梁（同右）

梁番　やなばん　三夏　⇩梁（同右）

梁守　やなもり　三夏　⇩梁（同右）

夜涼み　よすずみ　晩夏　⇩涼み（30頁）

納涼　のうりょう　なふりやう　晩夏　⇩涼み（同右）

川床　かわどこ　かはどこ　晩夏

京都・四条河原に設けた納涼のための桟敷。

2音　**川床《ゆか》**

5音　**川床《ゆか》涼《すず》み**　**川床《ゆか》料理《りょうり》**

川床　かわゆか　かはゆか　晩夏　⇨川床

山小屋　やまごや　晩夏　⇩登山（31頁）

水泳　すいえい　晩夏　⇩泳ぎ（31頁）

遊泳　ゆうえい　いうえい　晩夏　⇩泳ぎ（同右）

競泳　きょうえい　きやうえい　晩夏　⇩泳ぎ（同右）

遠泳　えんえい　ゑんえい　晩夏　⇩泳ぎ（同右）

例　遠泳の天を汚せる船煙　山口誓子

水練　すいれん　晩夏　⇩泳ぎ（同右）

犬掻　いぬかき　晩夏　⇩泳ぎ（同右）

背泳ぎ　せおよぎ　晩夏　⇩泳ぎ（同右）

クロール　晩夏　⇩泳ぎ（同右）

水浴び　みずあび　みづあび　晩夏　⇩泳ぎ（同右）

飛び込み　とびこみ　晩夏

5音　**ダイビング**

6音　**高飛《たかと》び込《こ》み**

ダイバー　晩夏　⇨飛び込み

潮浴　しおあび　しほあび　晩夏　⇩海水浴（158頁）

水球　すいきゅう　すいきう　晩夏

サーフィン　晩夏

波乗り　なみのり　晩夏　⇨サーフィン

サーファー　晩夏　⇨サーフィン

滝浴　たきあび　晩夏

涼をとるため滝を浴びること。

5音　**滝行者《たきぎょうじゃ》**

滝垢離　たきごり　晩夏　⇨滝浴

夜釣火　よづりび　三夏　⇩夜釣《よづり》（31頁）

釣堀　つりぼり　三夏

例　釣堀や淋しき木々の中にあり　岸本尚毅

箱釣　はこつり　三夏

祭や縁日の露店で水槽から金魚などを捕る遊び。

金魚屋　きんぎょや　三夏　⇩金魚売（117頁）

例　金魚屋の雨が降つてもしまはぬ桶　依光陽子

庭滝　にわたき　にはたき　三夏　⇩作り滝（117頁）

花火師　はなびし　晩夏　⇩花火（31頁）

手花火　てはなび　晩夏　⇩線香花火（178頁）

例　手花火の君は地球の女なり　高山れおな

夏場所　なつばしょ　初夏

五月、東京で開催される相撲興行。

例　夏場所の終はるころ家建つらしい　堀下翔

5音　**五《ご》月《がつ》場《ば》所《しょ》**

水芸　みずげい　みづげい　晩夏

6音　**水狂言《みずきょうげん》**

夏枯　なつがれ　晩夏

夏期に商売が振るわないこと。

ダービー　初夏

ナイター　晩夏

例　ナイターに見る夜の土不思議な土　山口誓子

酒中花　しゅちゅうか　しゅちゅうくわ　三夏　⇩水中花（118頁）

箱庭　はこにわ　はこには　三夏

例　指の肉照る箱庭に灯を入れて　榮猿丸

蛍見　ほたるみ　仲夏　⇩蛍狩（118頁）

草笛　くさぶえ　三夏

草木の葉を唇にあてて音を鳴らす遊び。

麦笛　むぎぶえ　初夏

6音　**麦藁笛《むぎわらぶえ》／麦稈笛《むぎわらぶえ》**

起し絵　おこしえ　おこしゑ　三夏

切り抜いた絵を木枠の中に配し、舞台の名場面や名所を再現して見せる仕掛け。

3音 立《た》て絵《え》　組絵《くみえ》

5音 立版古《たてばんこ》

素裸　すはだか　晩夏　⇩裸（32頁）

裸子　はだかご　晩夏　⇩裸（同右）

肌脱　はだぬぎ　晩夏

着物の上半身を脱いで過ごすこと。

6音 片肌脱《かたはだぬぎ》　諸肌脱《もろはだぬぎ》

縁台　えんだい　三夏　⇩端居《はしい》（32頁）

汗ばむ　あせばむ　三夏　⇩汗（12頁）

例 汗ばむや電波暗夜をとびみだれ　和田悟朗

汗水　あせみず　あせみづ　三夏　⇩汗（同右）

夏風邪　なつかぜ　三夏　⇩夏の風邪（118頁）

夏痩　なつやせ　三夏

夏負け　なつまけ　三夏　⇨夏痩

夏ばて　なつばて　三夏　⇨夏痩

例 夏ばてのさらば東京行進曲　八田木枯

暍病　えつびょう　えつびやう　晩夏　⇩日射病（119頁）

汗疹　かんしん　三夏　⇩汗疹《あせも》（33頁）

汗瘡　かんそう　三夏　⇩汗疹（同右）

霍乱　かくらん　くわくらん　晩夏

嘔吐や下痢を伴う漢方医学上の病名。

水虫　みずむし　みづむし　三夏

マラリア　三夏

3音 瘧《おこり》

帰省子　きせいし　晩夏　⇩帰省（33頁）

幽霊　ゆうれい　いうれい　晩夏　⇩百物語《ひゃくものがたり》（179頁）

例 いうれいは給水塔をみて育つ　鴇田智哉

4音 行事

母の日　ははのひ　初夏

五月の第二日曜日。

例 馬も牛も二重瞼に母の日ぞ　中村草田男

父の日　ちちのひ　仲夏

六月の第三日曜日。

例 父の日の電車に乗ればすぐ鉄橋　雪我狂流

時の日　ときのひ　仲夏　⇩時の記念日（179頁）

例 時の日の花鬱々と花時計　下村ひろし

海の日　うみのひ　晩夏

七月第三月曜日。国民の祝日。

7音 **海《うみ》の記《き》念日《ねんび》**

矢車　やぐるま　初夏　⇩鯉幟《こいのぼり》（120頁）

菖蒲湯　しょうぶゆ　しやうぶゆ　仲夏

端午の節句に風呂に菖蒲を浸して入浴する慣習。

5音 **菖蒲風《しょうぶぶ》呂《ろ》**

ペーロン　仲夏

中国伝来のボートレース。

芝能　しばのう　初夏　⇩薪能《たきぎのう》（120頁）

川止　かわどめ　かはどめ　晩夏

梅雨時の急な増水のため川越えや渡し船を停止すること。

パリ祭／巴里祭　晩夏

七月一四日、フランスの革命（一七八九年）記念日。日本だけの呼称で、フランスでは建国記念日。

5音 **パリー祭《さい》**

木落し　きおとし　初夏　⇩御柱祭《おんばしらまつり》（190頁）

御田植　おたうえ　おたうゑ　初夏

田植作業を模した豊年祈願の神事。各地の神社で行われる。

6音 **御田祭《おんだまつり》**

7音 **御《お》田植祭《たうえまつり》**

富士講　ふじこう　ふじかう　仲夏　⇩富《ふ》士詣《じもうで》（121頁）

形代　かたしろ　晩夏

名越《なごし》の祓《はらえ》（180頁）に用いる人形《ひとがた》の白い紙。自分の名を書き、罪や穢を形代に移して川に流す。

例 形代をつくづく見たり裏も見る　相生垣瓜人

菅貫　すがぬき　晩夏　⇩茅《ち》の輪《わ》（34頁）

祇園会　ぎおんえ　ぎをんゑ　晩夏　⇩祇園祭《ぎおんまつり》（160頁）

山鉾　やまぼこ　晩夏　⇩祇園祭（同右）

宵山　よいやま　よひやま　晩夏　⇩祇園祭（同右）

鉾立　ほこたて　晩夏　⇩祇園祭（同右）

船渡御　ふなとぎょ　晩夏　⇩天神祭《てんじんまつり》（180頁）

夏安居　げあんご　三夏

夏の一定期間、寺に僧侶が集まり修行すること。

2音 **解夏《げげ》**

3音 **夏行《げぎょう》**　**結夏《けつげ》**　**夏書《げがき》**　**夏経《げきょう》**　**夏断《げだち》**　**安居《あんご》**

5音 **夏百日《げひゃくにち》**

雨安居　うあんご　三夏　⇨夏安居

夏籠　げごもり　三夏　⇨夏安居

夏勤　げづとめ　三夏　⇨夏安居

春夫忌　はるおき　はるをき　初夏

五月六日。小説家・詩人、佐藤春夫（一八九二〜一九六四年）の忌日。

四迷忌　しめいき　初夏

五月一〇日。小説家、二葉亭四迷（一八六四〜一九〇九年）の忌日。

たかし忌　初夏

五月一一日。俳人、松本たかし（一九〇六〜五六年）の忌日。

牡丹忌　ぼたんき　初夏　⇨たかし忌

辰雄忌　たつおき　たつをき　初夏

五月二八日。小説家、堀辰雄（一九〇四〜五三年）の忌日。

晶子忌　あきこき　初夏

五月二九日。歌人、与謝野晶子（一八七八〜一九四二年）の忌日。

5音　**白桜忌《はくおうき》**

多佳子忌　たかこき　初夏

五月二九日。俳人、橋本多佳子（一八九九～一九六三年）の忌日。

独歩忌　どっぽき　どくほき　仲夏

六月二三日。詩人・小説家、国木田独歩（一八七一～一九〇八年）の忌日。

敦忌　あつしき　晩夏

七月八日。俳人、安住敦（一九〇七～八八年）の忌日。

茅舎忌　ぼうしゃき　ばうしやき　晩夏

七月一七日。俳人、川端茅舎（一八九七～一九四一年）の忌日。

河童忌　かっぱき　晩夏

七月二四日。小説家、芥川龍之介（一八九二～一九二七年）の忌日。

例　河童忌に食ひ残したる魚骨かな　内田百閒

3音　**我鬼忌《がきき》**

6音　**芥川忌《あくたがわき》**　**龍之介忌《りゅうのすけき》**

7音　**澄江堂忌《ちょうこうどうき》**

不死男忌　ふじおき　ふじをき　晩夏

七月二五日。俳人、秋元不死男（一九〇一～七七年）の忌日。

左千夫忌　さちおき　さちをき　晩夏

七月三〇日。小説家・歌人、伊藤左千夫（一八六四～一九一三年）の忌日。

露伴忌　ろはんき　晩夏

七月三〇日。小説家、幸田露伴（一八六七～一九四七年）の忌日。

蝸牛忌　かぎゅうき　くわぎうき　晩夏　⇨露伴忌

夕爾忌　ゆうじき　ゆふじき　晩夏

八月四日。俳人、木下夕爾（一九一四～六五年）の忌日。

義経忌　ぎけいき　初夏　⇩義経忌《よしつねき》（123頁）

北枝忌　ほくしき　仲夏
旧暦五月一二日。蕉門十哲の一人、立花北枝（生年不詳〜一七一八年）の忌日。

趙子忌　ちょうしき　てうしき　仲夏　⇨北枝忌

士朗忌　しろうき　しらうき　仲夏
旧暦五月一六日。俳人、井上士朗（一七四二〜一八一二年）の忌日。
5音 ▷ **枇杷園忌《びわえんき》**

在五忌　ざいごき　仲夏　⇩業平忌《なりひらき》（124頁）

4音　動物

親鹿　おやじか　三夏　⇩夏野の鹿（161頁）

鹿の子　しかのこ　三夏
2音 ▷ **鹿子《かご》**
3音 ▷ **鹿《か》の子《こ》　子《こ》鹿《じか》**

鹿茸　ろくじょう　初夏　⇩袋角《ふくろづの》（124頁）
6音 ▷ **鹿《か》の子斑《こまだら》**

蝙蝠　こうもり　かうもり　三夏
例 蝙蝠やひるも灯ともす楽屋口　永井荷風
5音 ▷ **蚊《か》喰鳥《くいどり》**

かはほり　かわほり　三夏　⇨蝙蝠

海亀　うみがめ　三夏

亀の子　かめのこ　三夏
3音 ▷ **子《こ》亀《がめ》**

銭亀　ぜにがめ　三夏　⇨亀の子

半裂　はんざき　三夏　⇩山椒魚《さんしょううお》（162頁）
例 はんざきの傷くれなゐにひらく夜　飯島晴子
例 はんざきは手足幼きままに老ゆ　日原傳

赤腹　あかはら　三夏　⇩蠑螈《いもり》（34頁）

くちなは　くちなわ　三夏　⇩蛇（12頁）

例　くちなはを水に放てばほぐれけり　森賀まり

ながむし　三夏　⇩蛇（同右）

熇尾蛇　ひばかり　三夏　⇩蛇（同右）

縞蛇　しまへび　三夏　⇩蛇（同右）

蛇衣　へびきぬ　仲夏　⇩蛇衣《へびきぬ》を脱《ぬ》ぐ（180頁）

例　蛇衣のなかに蛇ゐて進むなり　今瀬剛一

塒鷹　とやだか　初夏　⇩鷹《たか》の塒入《とやいり》（181頁）

箸鷹　はしたか　初夏　⇩鷹の塒入（同右）

賤鳥　しずどり　しづどり　三夏　⇩時鳥《ほととぎす》（125頁）

郭公　かっこう　くわくこう　三夏

五月に南方から渡ってくる鳥。鳴き声からこの名。

例　郭公や何処までゆかば人に逢はむ　臼田亞浪

5音　**閑古鳥**《かんこどり》

筒鳥　つつどり　三夏

ホトトギスと形が似て、体長はやや大きく三〇センチ余り。

十一　じゅういち　じふいち　三夏　⇩慈悲心鳥《じひしんちょう》（162頁）

柿木菟　かきずく　かきづく　三夏　⇩木葉木菟《このはずく》（126頁）

老鶯　ろうおう　らうあう　三夏

夏の鶯のこと。声が衰えると思われがちだが、慣れて巧みに、また大きく盛んに鳴く。

6音　**夏鶯**《なつうぐいす》　**老鶯**《おいうぐいす》

乱鶯　らんおう　らんあう　三夏　⇨老鶯

残鶯　ざんおう　ざんあう　三夏　⇨老鶯

晩鶯　ばんおう　ばんあう　三夏　⇨老鶯

雷鳥　らいちょう　らいてう　三夏

キジ科の留鳥。冬は白いが、夏は黒・褐色に色づく。

雷鶏　らいけい　三夏　⇨雷鳥

子燕　こつばめ　三夏　⇩燕の子（126頁）

例　子燕のこぼれんばかりこぼれざる　小澤實

子烏　こがらす　三夏　⇩鴉の子（126頁）

葭切　よしきり　三夏

ウグイス科の小鳥。水辺の葦原に生息し、「ギョギョシ」との鳴き声から「行々子《ぎょうぎょうし》」とも呼ばれる。

5音 **行々子《ぎょうぎょうし》**　**葭雀《よしすずめ》**　**蘆雀《あしすずめ》**　**麦熟《むぎう》らし**

翡翠／川蟬　かわせみ　かはせみ　三夏

水辺に棲む鳥で、背面が翡翠《ひすい》色。

例 翡翠の記録しんじつ詩のながさ　田島健一

かはせび　かわせび　三夏　⇨翡翠

翡翠　しょうびん　三夏　⇨翡翠

山翡翠　やませみ　三夏

カワセミ科の鳥。水辺に棲み、カワセミよりも大きい。

鳰の子　におのこ　にほのこ　三夏

鳰（カイツブリ）の雛鳥。

鳰の巣　におのす　にほのす　三夏　⇩鳰《にお》の浮巣《うきす》（162頁）

夏鴨　なつがも　三夏

カモ科の留鳥、軽鴨《かるがも》をいう。

5音 **夏《なつ》の鴨《かも》**　**鴨涼《かもすず》し**

軽鴨　かるがも　三夏　⇨夏鴨

黒鴨　くろがも　三夏　⇨夏鴨

鴨の子　かものこ　三夏

3音 **子鴨《こがも》**

5音 **鴨《かも》の雛《ひな》**

軽鳧の子　かるのこ　三夏

6音 **軽鴨《かるがも》の子《こ》**

鳧の子　けりのこ　三夏　⇩鳧《けり》（13頁）

緋水鶏　ひくいな　ひくひな　三夏　⇩水鶏《くいな》（35頁）

青鷺　あおさぎ　あをさぎ　三夏

サギ科の中では大型で青みを帯びた灰色。

白鷺　しらさぎ　三夏

3音 **小鷺《こさぎ》**

大鷺　だいさぎ　三夏　⇨白鷺

鰺刺　あじさし　あぢさし　三夏

カモメ科の鳥。魚を獲るのに海面を刺すように急降下することからこの名。

鮎刺 あゆさし 三夏 ⇨鰺刺

鮎鷹 あゆたか 三夏 ⇨鰺刺

青鳩 あおばと あをばと 三夏

全長三三センチ強。全体に緑色で頭と首が黄色味を帯びる。

6音 尺八鳩《しやくはちばと》

大瑠璃 おおるり おほるり 三夏

ヒタキ科の小鳥。雄は背と頭が瑠璃色、腹は白く、喉と胸が黒い。鳴き声が美しい。雌は全体に黄褐色。

瑠璃鳥 るりちょう るりてう 三夏 ⇨大瑠璃

黄鶲 きびたき 三夏

ヒタキ科の小鳥。雄は、背が黒く胸と腹が黄色、翼に白い紋がある。雌は全体に暗いオリーブ色。

野鶲 のびたき 三夏

ヒタキ科の小鳥。頭と背が黒、腹が白、胸が栗色。

駒鳥 こまどり 三夏

ヒタキ科の鳥。頭から胸、上部にかけて赤褐色、橙褐色。ヒンカラカラとの鳴き声が馬の嘶《いなな》きに似ることからこの名。

赤腹 あかはら 三夏

ヒタキ科の鳥。胸から腹の横にかけて橙色。頭部は暗褐色、腹の中央から尾の根元にかけて白い。

眉白 まみじろ 三夏

ヒタキ科の鳥。全体に黒く、目の上が白いのでこの名。

頬赤 ほおあか ほほあか 三夏

ホオジロ科の鳥。側頭部の赤褐色の斑紋が名の由来。腹は白、体の横に褐色の縦縞。

3音 頬赤《ほあか》

山雀 やまがら 三夏

シジュウカラ科の小鳥。頭と喉が黒、頬が白、背と腹が褐色、翼が灰色。

便追 びんずい びんづい 三夏
セキレイ科の小鳥。背は緑色がかった灰褐色で縦斑が入り、腹は灰白色。

海猫 うみねこ 三夏
カモメ科の鳥。海岸や干潟に棲み、体長約五〇センチ。頭と腹は白、背は黒灰色。白い尾の先端が黒い。猫に似た鳴き声が名の由来。
2音 **ごめ**

色鯉 いろごい いろごひ 三夏 ⇩緋鯉《ひごい》（36頁）

白鯉 しろごい しろごひ 三夏 ⇩緋鯉（同右）

追川魚／追河 おいかわ おひかわ 三夏
コイ科の淡水魚。背は灰青色、腹は銀白色、淡紅色の横斑が数本入る。関東では「やまべ」、関西では「鮠《はえ》」と呼ぶ。
2音 **鮠《はえ》 鮠《はや》**
3音 **やまべ**

蘭鋳 らんちゅう らんちう 三夏 ⇩金魚（37頁）

琉金 りゅうきん りうきん 三夏 ⇩金魚（同右）

出目金 でめきん 三夏 ⇩金魚（同右）

金魚田 きんぎょだ 三夏 ⇩金魚（同右）

緋目高 ひめだか 三夏 ⇩目高（37頁）

だぼ鯊 だぼはぜ 三夏
小型のハゼ類の総称。佃煮にして食す。

石伏魚 いしぶし 三夏 ⇩鮴《ごり》（13頁）

黒鯛 くろだい くろだひ 三夏
タイ科の海水魚。鯛と違って浅黒い。
2音 **茅海《ちぬ》**
3音 **海鯽《かいず》**

本ちぬ ほんちぬ 三夏 ⇨黒鯛

ちぬ釣 ちぬつり 三夏 ⇨黒鯛

石鯛 いしだい いしだひ 三夏
イシダイ科の海水魚。幼魚には縞があるので縞鯛《しまだい》とも呼ばれる。

縞鯛 しまだい　しまだひ　三夏　⇨石鯛

鯖釣 さばつり　三夏　⇩鯖（13頁）

鯖船 さばぶね　三夏　⇩鯖（同右）

室鯵 むろあじ　むろあぢ　三夏　⇩鯵（13頁）

鯵釣 あじつり　あぢつり　三夏　⇩鯵（同右）

白鱚 しろぎす　三夏　⇩鱚《きす》（14頁）

青鱚 あおぎす　あをぎす　三夏　⇩鱚（同右）

川鱚 かわぎす　かはぎす　三夏　⇩鱚（同右）

虎鱚 とらぎす　三夏　⇩鱚（同右）

沖鱚 おきぎす　三夏　⇩鱚（同右）

飛魚 とびうお　とびうを　三夏

2音 **あご**

3音 **とびを　とびら**

5音 **つばめ魚《うお》**

皮剥 かわはぎ　かははぎ　三夏

いしわり 三夏　⇩舌鮃《したびらめ》（129頁）

石投 いしなぎ　三夏

深海の岩礁に棲む魚。海面近くへと上がってくる産卵期に釣る。

石首魚 いしもち　三夏

ニベ科の海水魚。熱帯に棲む色鮮やかなイシモチ（テンジクダイ科）とは別種。

2音 **ぐち　にべ**

しろぐち 三夏　⇨石首魚

鮎並 あいなめ　三夏

アイナメ科の海水魚。関西では「あぶらめ」、北海道では「あぶらこ」と呼ばれる。

あぶらめ 三夏　⇨鮎並

あぶらこ 三夏　⇨鮎並

ふくらぎ 仲夏　⇩津走《つばす》（38頁）

間八 かんぱち　三夏

赤鰤　あかぶり　三夏　⇨かんぱち

平鰤／平政　ひらまさ　三夏

赤鱏　あかえい　三夏

平たく菱形の体形で大きいもので二メートル。棘に毒があるが、広く食用に供される。

2音　鱏《えい》／鱝《えい》

姫鱒　ひめます　三夏

阿寒湖などを原産地とするサケ科の淡水魚。紅鮭《べにざけ》の陸封型（海に行かず湖や川に留まるもの）。

紅鮭　べにざけ　三夏　⇨姫鱒

虹鱒　にじます　三夏

サケ科の淡水魚。放流や養殖が盛ん。

生鱧　いきはも　三夏　⇩鱧《はも》（14頁）

水鱧　みずはも　みづはも　三夏　⇩鱧（同右）

瀬戸内海で獲れる小ぶりの鱧《はも》。

ぐるくん　三夏

タカサゴ科の海水魚。沖縄で広く食される。

6音　高砂魚《たかさごうお》

高砂　たかさご　三夏　⇨ぐるくん

真穴子　まあなご　三夏　⇩穴子（38頁）

蛸壺　たこつぼ　三夏　⇩蛸《たこ》（14頁）

槍烏賊　やりいか　三夏　⇩烏賊《いか》（14頁）

草蝦　くさえび　三夏　⇩手長蝦《てながえび》（129頁）

たなかせ　三夏　⇩手長蝦（同右）

川蝦　かわえび　かはえび　三夏　⇩手長蝦（同右）

沢蟹　さわがに　さはがに　三夏　⇩蟹（14頁）

川蟹　かわがに　かはがに　三夏　⇩蟹（同右）

磯蟹　いそがに　三夏　⇩蟹（同右）

山蟹　やまがに　三夏　⇩蟹（同右）

蟹の子　かにのこ　三夏　⇩蟹（同右）

ざりがに　三夏　⇩蟹（同右）

例　ざりがにの肘上げしまま流れけり　日原傳

海蟹　うみがに　三夏　⇩蝤蛑《がざみ》（38頁）

舟虫／船虫　ふなむし　三夏

がんがぜ　三夏

海胆《うに》の一種。棘が海胆の数倍にも達する。

海折　かいせつ　三夏　⇩海月《くらげ》（39頁）

石鏡　せききょう　せききやう　三夏　⇩海月（同右）

赤海鞘　あかぼや　三夏　⇩海鞘《ほや》（15頁）

夏蝶　なつちょう　なつてふ　三夏　⇩夏の蝶（129頁）

例　つまみたる夏蝶トランプの厚さ　髙柳克弘

二番蚕　にばんこ　仲夏　⇩夏蚕《なつご》（39頁）

繭の蛾　まゆのが　仲夏　⇩蚕蛾《さんが》（39頁）

繭蝶　まゆちょう　まゆてふ　仲夏　⇩蚕蛾（同右）

夏虫　なつむし　三夏

夏に見られる昆虫の総称。

5音　**夏《なつ》の虫《むし》**

火取蛾　ひとりが　三夏　⇩蛾（8頁）

天蚕／山繭　やままゆ　晩夏

ヤママユ科の大型の蛾。七月に作った繭から上質の絹糸（天蚕糸《てんさんし》）が採れる。

樟蚕　くすさん　晩夏

5音　**山蚕《やまがいこ》　山蚕蛾《やままゆが》**

ヤママユ科の大型の蛾。太い糸を吐き、中が透けるような粗い繭を作る。

5音　**てぐすむし　栗毛虫《くりげむし》**

6音　**白髪太郎《しらがたろう》　透し俵《すかしだわら》**

天蛾　すずめが　晩夏　⇩内雀《うちすずめ》（130頁）

尺蠖　しゃくとり　三夏

5音　**土壜割《どびんわり》**

6音　**尺取虫《しゃくとりむし》　寸取虫《すんとりむし》　杖突虫《つえつきむし》　屈伸虫《くっしんむし》**

招虫　おぎむし　をぎむし　三夏　⇨尺蠖

ほうたる　仲夏　⇩蛍（39頁）

例　ほうたると息を合はせてゐる子かな　西野文代

蛍火　ほたるび　仲夏　⇩蛍（同右）

例　螢火の中をありくは泳ぐごと　高橋睦郎

流蛍　りゅうけい　りうけい　仲夏　⇩蛍（同右）

鬼虫　おにむし　三夏　⇩兜虫（131頁）

天牛　かみきり　晩夏

例　脚の数足らぬ天牛日は燦と　依光陽子

6音　**髪切虫**《かみきりむし》　**桑天牛**《くわかみきり》

7音　**虎斑**《とらふ》**天牛**《かみきり》

8音　**ごまだら天牛**《かみきり》　**白条天牛**《しろすじかみきり》　**瑠璃**《るり》**星天牛**《ぼしかみきり》

玉虫　たまむし　晩夏

6音　**吉丁虫**《きっちょうむし》

かなぶん　三夏　⇩金亀子《こがねむし》（131頁）

ぶんぶん　三夏　⇩金亀子（同右）

穀象　こくぞう　こくざう　三夏

オサゾウムシ科の小さな甲虫。米に卵を産みつけ、幼虫は米を食べて育つ。

例　穀象に或る日母船のやうな影　岩淵喜代子

6音　**穀象虫**《こくぞうむし》　**象鼻虫**《ぞうはなむし》

米虫　こめむし　三夏　⇨穀象

米虫　よなむし　三夏　⇨穀象

瓜蠅／守瓜　うりばえ　うりばへ　三夏

ハムシ科の甲虫。黄褐色で体長約七ミリ。

5音　**瓜葉**《うりは》**虫**《むし》

瓜虫　うりむし　三夏　⇨瓜蠅

斑猫　はんみょう　はんめう　三夏

体長二センチほどの甲虫。紫や緑など色鮮やかで光沢がある。

5音　**道**《みち》**をしへ**

鼓虫　まいまい　まひまひ　三夏

川や池の水面をくるくる回って泳ぐ甲虫。体長約七ミリで黒褐色。

5音　**水澄**《みずすまし》

渦虫　うずむし　うづむし　三夏　⇨鼓虫

水馬　あめんぼ　三夏

長い脚の先端に密生する毛で水に浮く。

例　水馬の水輪の芯を捨て進む　岡田一実

3音　**水馬《すいば》**

5音　**水馬《あめんぼう》**　**水澄《みずすまし》**

川蜘蛛　かわぐも　かはぐも　三夏　⇨水馬

水蜘蛛　みずぐも　みづぐも　三夏　⇨水馬

どんがめ　三夏　⇩田亀《たがめ》（40頁）

初蟬　はつぜみ　晩夏　⇩蟬（15頁）

朝蟬　あさぜみ　晩夏　⇩蟬（同右）

夕蟬　ゆうぜみ　ゆふぜみ　晩夏　⇩蟬（同右）

みんみん　晩夏　⇩蟬（同右）

熊蟬　くまぜみ　晩夏　⇩蟬（同右）

例　熊蟬に黒曜石のひかりあり　堀本裕樹

蝦夷蟬　えぞぜみ　晩夏　⇩蟬（同右）

蟬捕り　せみとり　晩夏　⇩蟬（同右）

空蟬　うつせみ　晩夏

例　空蟬をたくさんつけてしづかな木　津川絵理子

5音　**蟬《せみ》の殻《から》**

6音　**蟬《せみ》のもぬけ**

7音　**蟬《せみ》の脱殻《ぬけがら》**

とうすみ　三夏　⇩糸蜻蛉《いととんぼ》（132頁）

とうしみ　三夏　⇩糸蜻蛉（同右）

おはぐろ　三夏　⇩川蜻蛉《かわとんぼ》（132頁）

家蠅　いえばえ　いへばへ　三夏　⇩蠅（15頁）

金蠅　きんばえ　きんばへ　三夏　⇩蠅（同右）

例　玉葱にとまる金蠅夕映えて　岸本尚毅

銀蠅　ぎんばえ　ぎんばへ　三夏　⇩蠅（同右）

縞蠅　しまばえ　しまばへ　三夏　⇩蠅（同右）

肉蠅　にくばえ　にくばへ　三夏　⇩蠅（同右）

黒蠅　くろばえ　くろばへ　三夏　⇩蠅（同右）

糞蠅　くそばえ　くそばへ　三夏　⇩蠅（同右）

青蠅　あおばえ　あをばへ　三夏　⇩蠅（同右）

馬蠅　うまばえ　うまばへ　三夏　⇩蠅（同右）

牛蠅　うしばえ　うしばへ　三夏　⇩蠅（同右）

螫蠅　さしばえ　さしばへ　三夏　⇩蠅（同右）

蛆虫　うじむし　三夏　⇩蛆《うじ》（15頁）

猩々蠅　しょうじょう　しやうじやう　三夏　⇩猩々蠅《しょうじょうばえ》（165頁）

酒蠅　さかばえ　さかばへ　三夏　⇩猩々蠅（同右）

蚊柱　かばしら　三夏　⇩蚊（8頁）

例　蚊柱の穴から見ゆる都哉　一茶

例　蚊柱を吹いて曲げたり木曾の風　宇佐美魚目

昼の蚊　ひるのか　三夏　⇩蚊（同右）

例　叩かれて昼の蚊を吐く木魚哉　夏目漱石

例　手を洗ふにも昼の蚊のつきまとふ　高浜虚子

蚊の声　かのこえ　かのこゑ　三夏　⇩蚊（同右）

蚊を追ふ　かをおう　かをおふ　三夏　⇩蚊（同右）

蚊を打つ　かをうつ　三夏　⇩蚊（同右）

蚊を焼く　かをやく　三夏　⇩蚊（同右）

孑孑／孑孒　ぼうふら　三夏

6音　**棒振虫《ぼうふりむし》**

ぼうふり　三夏　⇨孑孑

ががんぼ　三夏

例　ががんぼが襲ふが如きことをせし　相生垣瓜人

例　ががんぼを見し夜の腓返《こむらがえ》りかな　柘植史子

かがんぼ　三夏　⇨ががんぼ

蚊蜻蛉　かとんぼ　三夏　⇨ががんぼ

蚊姥　かのうば　三夏　⇨ががんぼ

蠛蠓　まくなぎ　三夏

体長約一ミリの小型昆虫。顔のあたりにまつわりついたりするので「めまとひ」の別名。

例　まくなぎの阿鼻叫喚をふりかぶる　西東三鬼

3音　**糠蚊《ぬかか》**

めまとひ　めまとい　三夏　⇨蠛蠓

めまはり　めまわり　三夏　⇨蠛蠓

めたたき　三夏　⇨蠛蠓

蠓　なまぐさ　三夏　⇨蠛蠓

揺蚊　ゆすりか　三夏　⇨蠛蠓

優曇華　うどんげ　晩夏　⇩草蜉蝣《くさかげろう》（165頁）

ごきぶり　三夏

例　めつたうちしてごきぶりをかつ逃す　安住敦

3音　**あまめ**

5音　**油虫**《あぶらむし》　**御器齧**《ごきかぶり》

床虫　とこむし　三夏　⇩南京虫《なんきんむし》（165頁）

黒蟻　くろあり　三夏　⇩蟻（16頁）

赤蟻　あかあり　三夏　⇩蟻（同右）

雄蟻　おすあり　をすあり　三夏　⇩蟻（同右）

蟻塚　ありづか　三夏　⇩蟻（同右）

蟻の巣　ありのす　三夏　⇩蟻（同右）

蚜虫／蟻巻　ありまき　三夏

体長五ミリ以下で柔らかく、草木の汁を吸う。

5音　**油虫**《あぶらむし》

白蟻　しろあり　三夏

蟭螟／焦螟　しょうめい　せうめい　三夏

想像上の虫。微小で蚊の睫毛《まつげ》に巣くう。

蜘蛛の囲　くものい　くものゐ　三夏　⇩蜘蛛（16頁）

蜘蛛の巣　くものす　三夏　⇩蜘蛛（同右）

蜘蛛の子　くものこ　三夏　⇩蜘蛛（同右）

家蜱　いえだに　いへだに　三夏　⇩蜱《だに》（16頁）

牛蜱　うしだに　三夏　⇩蜱（同右）

臭虫　くさむし　三夏　⇩馬陸《やすで》（40頁）

筬虫　おさむし　をさむし　三夏　⇩馬陸（同右）

雨彦　あまびこ　三夏　⇩馬陸（同右）

銭虫　ぜにむし　三夏　⇩馬陸（同右）

蚰蜒　げじげじ　げぢげぢ　三夏

2音 蚰蜒《げじ》

蛞蝓 なめくじ なめくぢ 三夏

例 なめくぢにして花屑の被りもの 岸本尚毅

5音 **なめくぢり なめくぢら**

ででむし 三夏 ⇩蝸牛《かたつむり》（134頁）

まひまひ まいまい 三夏 ⇩蝸牛（同右）

馬蛭 うまびる 三夏 ⇩蛭《ひる》（16頁）

山蛭 やまびる 三夏 ⇩蛭（同右）

扁蛭 ひらびる 三夏 ⇩蛭（同右）

4音 植物

葉桜 はざくら 初夏

例 葉桜の中の無数の空さわぐ 篠原梵

5音 **花《はな》は葉《は》に**

実桜 みざくら 仲夏

果実を食用にする桜。染井吉野など鑑賞用とは別。

紅薔薇 べにばら 初夏 ⇩薔薇《ばら》（17頁）

白薔薇 しろばら 初夏 ⇩薔薇（同右）

薔薇園 ばらえん ばらゑん 初夏 ⇩薔薇（同右）

薔薇垣 ばらがき 初夏 ⇩薔薇（同右）

野茨 のいばら 初夏 ⇩茨《いばら》の花（166頁）

ぼうたん 初夏 ⇩牡丹《ぼたん》（41頁）

例 ぼうたんの百のゆるるは湯のやうに 森澄雄

緋牡丹 ひぼたん 初夏 ⇩牡丹（同右）

紫陽花 あじさい あぢさゐ 仲夏

例 あぢさゐの囲む何《なん》にもなき広場 阪西敦子

3音 **四葩《よひら》**

5音 **七変化《しちへんげ》 刺繍花《ししゅうばな》**

瓊花 たまばな 仲夏 ⇨紫陽花

石楠花／石南花 しゃくなげ 初夏

ツツジ科の常緑低木。山地に自生し、園芸種も豊富。

石楠 せきなん 初夏 ⇨石楠花

繍線菊　しもつけ　初夏

バラ科の落葉小低木。淡紅色、濃紅色、白の小さな五弁花が密生して咲く。

金雀枝／金雀花／金枝花／金雀児　えにしだ　初夏

マメ科の落葉低木。蝶型の黄色の花を多数つける。

マロニエ　初夏

ムクロジ科の落葉高木。白い小花が円錐状につく。

8音　**西洋橡**《せいようとちのき》

夏藤　なつふじ　なつふぢ　晩夏

マメ科の蔓性落葉低木で藤（晩春）とは別種。黄色がかった白の花を房状につける。

5音　**土**《ど》**用藤**《ようふじ》

凌霄　のうぜん　晩夏　⇩凌霄花《のうぜんかずら》（183頁）

扶桑花　ふそうか　ふさうくわ　晩夏　⇩仏桑花《ぶっそうげ》（135頁）

茉莉花　まつりか　まつりくわ　三夏

モクセイ科の常緑半蔓性小低木。白い五裂の花は香り高く、ジャスミン茶になる。

3音　**素**《そ》**馨**《けい》

ジャスミン　三夏　⇨茉莉花

フクシア　晩夏

アカバナ科の落葉低木。下向きに咲き、大きく目立つ萼藻花弁も赤、深紅など色が様々。

花柚子　はなゆず　初夏　⇩柚子《ゆず》の花（136頁）

柚の花　ゆのはな　初夏　⇩柚子の花（同右）

花栗　はなぐり　仲夏　⇩栗の花（136頁）

栗咲く　くりさく　仲夏　⇩栗の花（同右）

青梅　あおうめ　あをうめ　仲夏

まだ熟れていない青い状態の梅の実。

梅の実　うめのみ　仲夏

3音　**実**《み》**梅**《うめ》

青柿　あおがき　あをがき　晩夏

まだ熟れていない青い状態の柿の実。

青柚子　あおゆず　あをゆず　晩夏　⇩青柚《あおゆ》（41頁）

木苺　きいちご　初夏

バラ科キイチゴ属の落葉小低木の総称。五月頃、紅色や黄色の実をつける。ジャムなどになるラズベリーやブラックベリーも木苺に含まれる。

夏桃　なつもも　仲夏　⇩早桃《さもも》（42頁）

楊梅／山桃　やまもも　仲夏

熟した実は暗赤色で花径約二センチ。表面に粒状突起。

3音　**樹梅《じゅばい》**

山梅　やまうめ　仲夏　⇨楊梅

ももかは　ももかわ　仲夏　⇨楊梅

楊梅　ようばい　やうばい　仲夏　⇨楊梅

桜桃　おうとう　あうたう　仲夏　⇩さくらんぼ（137頁）

唐桃　からもも　仲夏　⇩杏《あんず》（42頁）

枇杷の実　びわのみ　びはのみ　仲夏

2音　**枇杷《びわ》**

甘夏　あまなつ　初夏　⇩夏蜜柑（137頁）

夏柑　なつかん　初夏　⇩夏蜜柑（同右）

アナナス　晩夏　⇩パイナップル（167頁）

パパイヤ　三夏

実芭蕉　みばしょう　みばせう　三夏　⇩バナナ（42頁）

マンゴー　三夏

新緑　しんりょく　初夏

例　摩天楼より新緑がパセリほど　鷹羽狩行

5音　**緑《みどり》さす**

茂り葉　しげりは　三夏　⇩茂《しげり》（42頁）

万緑　ばんりょく　三夏

下闇　したやみ　三夏　⇩木下闇《こしたやみ》（138頁）

木の晩　このくれ　三夏　⇩木下闇（同右）

緑蔭　りょくいん　三夏

例　緑蔭に染まるばかりに歩くなり　星野立子

翠蔭　すいいん　三夏　⇨緑蔭

結葉　むすびば　初夏

茂った樹木の若葉が重なり、葉と葉が結ばれたように見えること。

土用芽　どようめ　晩夏

土用（21頁）の頃に出る芽。

5音 **土用《どよう》の芽《め》**

病葉　わくらば　三夏

夏に病気や虫のせいで赤や黄色に変色した葉。

卯の花　うのはな　初夏

アジサイ科の落葉低木。花はおおむね五弁で、花径一センチ強の白い花が多数垂れ下がって咲く。

5音 **花空木《はなうつぎ》／花卯木《はなうつぎ》　姫空木《ひめうつぎ》　山空木《やまうつぎ》**

6音 **空木《うつぎ》の花《はな》　初卯《はつう》の花《はな》　卯《う》の花垣《はながき》**

7音 **卯《う》の花月夜《はなづきよ》**

花桐　はなぎり　初夏　⇩桐の花（138頁）

花棕櫚　はなしゅろ　初夏　⇩棕櫚《しゅろ》の花（139頁）

花椎　はなしい　はなしひ　仲夏　⇩椎《しい》の花（139頁）

花合歓　はなねむ　晩夏　⇩合歓《ねむ》の花（139頁）

玫瑰／浜茄子　はまなす　晩夏

海岸の砂地に自生するバラ科の落葉低木。花径五センチ以上の大ぶりの五弁花が咲く。

例 玫瑰や今も沖には未来あり　中村草田男

浜梨　はまなし　晩夏　⇨玫瑰

葉柳　はやなぎ　三夏

柳（晩春）の夏の状態。葉の緑を濃くする。

5音 **夏柳《なつやなぎ》**

桑の実　くわのみ　くはのみ　仲夏

桑（仲春）は夏に実をつける。黒紫色で甘い。

5音 **桑苺《くわいちご》**

夏桑　なつぐわ　なつぐは　三夏

桑（仲春）夏の状態。葉が生い茂る。

梧桐／青桐　あおぎり　あをぎり　三夏

アオイ科の落葉高木。黄白色の雄花と赤い雌花が混じって小花が多数つく。

笹散る　ささちる　初夏　⇩竹落葉《たけおちば》（140頁）

竹咲く　たけさく　仲夏　⇩竹の花（140頁）

若竹　わかたけ　仲夏

その年に新しく生えた竹。

5音　**今年竹《ことしだけ》**

6音　**竹《たけ》の若葉《わかば》**

8音　**竹《たけ》の若緑《わかみどり》**

篠の子／篶の子　すずのこ　初夏

竹ではなく笹類の筍《たけのこ》。

3音　**芽笹《めざさ》**

笹の子　ささのこ　初夏　⇨篠の子

野渓蓀　のあやめ　初夏　⇩渓蓀《あやめ》（43頁）

菖蒲見　しょうぶみ　しやうぶみ　仲夏　⇩花菖蒲《はなしょうぶ》（141頁）

菖蒲田　しょうぶだ　しやうぶだ　仲夏　⇩花菖蒲（同右）

白菖　はくしょう　はくしやう　仲夏　⇩菖蒲《しょうぶ》（43頁）

アイリス　仲夏

アヤメ科の多年草。園芸種として花色は様々。

3音　**イリス**

7音　**西洋《せいよう》あやめ**

鳶尾草／一八　いちはつ　仲夏

アヤメ科の多年草。園芸種として花色は紫や白など。

5音　**こやすぐさ**

水蘭　すいらん　仲夏　⇨鳶尾草

芍薬　しゃくやく　初夏

ボタン科の多年草。花は大ぶりで、色は淡紅色、白など様々。また一重咲きと八重咲きがある。

5音　**貌佳草《かおよぐさ》**

7音　**花《はな》の宰相《さいしょう》**

サルビア　晩夏

シソ科の多年草（日本では一年草）。花は鮮やかな紅色で、公園や道の花壇などにもよく栽培される。

6音 **緋衣草《ひごろもそう》**

8音 **緋衣《ひごろも》サルビア**

糸蘭 いとらん 晩夏 ⇩ユッカの花（169頁）

向日葵 ひまわり ひまはり 晩夏

例 向日葵の首打つ雨となりにけり ふけとしこ

6音 **日輪草《にちりんそう》** **天蓋花《てんがいばな》** **日向葵《ひゅうがあおい》**

日車 ひぐるま 晩夏 ⇨向日葵

花罌粟 はなげし 初夏 ⇩罌粟《けし》の花（142頁）

白芥子 しろけし 初夏 ⇩罌粟の花（同右）

雛罌粟 ひなげし 三夏

観賞用に広く栽培。長く伸びた茎の先に花径五センチ以上の五弁または八重咲きの花が咲く。色は様々。

例 ひなげしの中にて老いしこゑの出づ 岸田稚魚

3音 **ポピー**

5音 **美人草《びじんそう》** **麗春花《れいしゅんか》**

6音 **虞美人草《ぐびじんそう》**

コクリコ 三夏 ⇨雛罌粟

罌粟の実 けしのみ 晩夏 ⇩罌粟坊主《けしぼうず》（142頁）

夏菊 なつぎく 晩夏

夏咲きの菊の総称。

5音 **夏《なつ》の菊《きく》**

蝦夷菊／翠菊 えぞぎく 晩夏

キク科の一年草。園芸種アスターの名で知られる。

5音 **薩摩菊《さつまぎく》**

アスター 晩夏 ⇨蝦夷菊

石竹 せきちく 仲夏

ナデシコ科の多年草。園芸種で花色・花径は様々。

5音 **石《いし》の竹《たけ》**

6音 **唐撫子《からなでしこ》**

瑠璃菊 るりぎく 仲夏 ⇩ストケシア（143頁）

ガーベラ 仲夏

女王花　じょおうか　ぢよわうくわ　晩夏　⇩月下美人《げっかびじん》（170頁）

鬼百合　おにゆり　仲夏　⇩百合（17頁）

姫百合　ひめゆり　仲夏　⇩百合（同右）

山百合　やまゆり　仲夏　⇩百合（同右）

笹百合　ささゆり　仲夏　⇩百合（同右）

白百合　しらゆり　仲夏　⇩百合（同右）

紅百合　べにゆり　仲夏　⇩百合（同右）

姥百合　うばゆり　仲夏　⇩百合（同右）

ペチュニア　三夏

ナス科で園芸種は一年草。花の色かたちが豊富。

8音　**衝羽根朝顔**《つくばねあさがお》

鉄線　てっせん　初夏　⇩鉄線《てっせん》の花（186頁）

紅花／紅粉花／紅藍花　べにばな　仲夏

キク科の一年草。花は頭状で、黄からしだいに赤に変化する。食用油や染料の原料になる。

5音　**紅**《べに》**の花**《はな》

6音　**末摘花**《すえつむはな》

フェンネル　仲夏　⇩茴香《ういきょう》の花（186頁）

野苺　のいちご　初夏　⇩苺（43頁）

夕顔　ゆうがお　ゆふがほ　晩夏

ウリ科の蔓性一年草。花は白く五裂。実から干瓢《かんぴょう》を作るが、俳句では花をさす。朝顔、昼顔、夜顔はヒルガオ科。

例　そりかへるまで夕顔の花咲かれ　岸本尚毅

6音　**夕顔棚**《ゆうがおだな》

豌豆　えんどう　ゑんどう　初夏

6音　**莢豌豆**《さやえんどう》　**豌豆引**《えんどうひき》　**豌豆引**《えんどうひ》**く**

7音　**グリーンピース**

絹莢　きぬさや　初夏　⇨豌豆

蚕豆／空豆　そらまめ　初夏

例　そら豆はまことに青き味したり　細見綾子

5音　**はじき豆**《まめ》

6音 **蚕豆引《そらまめひき》　蚕豆引《そらまめひ》く**

夏豆　なつまめ　晩夏
枝豆（三秋）のうち夏に出るものをさす。
6音 **新枝豆《しんえだまめ》**

筍／笋／竹の子　たけのこ　初夏
5音 **淡竹《はちく》の子《こ》　真竹《まだけ》の子《こ》**
7音 **とまり筍《たけのこ》**
8音 **孟宗竹《もうそうちく》の子《こ》**

たかんな　たかんな　初夏　⇨筍
例 たかんなや山草しげきかなたにも　飯田蛇笏

たかうな　たこうな　初夏　⇨筍

蕗の葉　ふきのは　初夏　⇩蕗《ふき》（18頁）

初瓜　はつうり　晩夏　⇩瓜（18頁）

甘瓜　あまうり　晩夏　⇩甜瓜《まくわうり》（144頁）

梨瓜　なしうり　晩夏　⇩甜瓜（同右）

丸茄子　まるなす　晩夏　⇩茄子《なす》（18頁）

加茂茄子　かもなす　晩夏　⇩茄子（同右）
京野菜の一つ。直径一五センチにもなる大型の丸茄子。
例 加茂茄子のはちきれさうに顔うつす　津川絵理子

長茄子　ながなす　晩夏　⇩茄子（同右）

白茄子　しろなす　晩夏　⇩茄子（同右）

青茄子　あおなす　あをなす　晩夏　⇩茄子（同右）

茄子汁　なすじる　晩夏　⇩茄子（同右）

赤茄子　あかなす　晩夏　⇩トマト（44頁）

ピーマン　三夏

パプリカ　三夏　⇨ピーマン

甘藍　かんらん　初夏　⇩キャベツ（44頁）

菊萵苣　きくぢしゃ　初夏
キク科の一年草。葉は縮れサラダなどにして食べる。
6音 **オランダ萵苣《ぢしゃ》**

エンダイブ　初夏　⇨菊萵苣

苦萵苣　にがぢしゃ　初夏　⇨菊萵苣

花茼苣　はなぢしゃ　初夏　⇨菊茼苣

夏蕪　なつかぶ　三夏

蕪（三冬）のうち夏に穫れるもの。

5音　**夏蕪**《なつかぶら》

新藷　しんいも　晩夏

甘藷《さつまいも》（仲秋）のうち夏に出回るもの。

5音　**走**《はし》**り藷**《いも》

新馬鈴薯　しんじゃが　初夏

馬鈴薯（初秋）の夏に出回るもの。

6音　**新馬鈴薯**《しんじゃがいも》

夏葱　なつねぎ　三夏

葱（三冬）のうち夏に穫れるもの。

玉葱／葱頭　たまねぎ　三夏

辣韮　らっきょう　三夏

3音　**らっきょ**

大韮　おおにら　おほにら　三夏　⇨辣韮

里韮　さとにら　三夏　⇨辣韮

本蓼　ほんたで　三夏　⇩蓼《たで》（18頁）

川蓼　かわたで　かはたで　三夏　⇩蓼（同右）

水蓼　みずたで　みづたで　三夏　⇩蓼（同右）

糸蓼　いとたで　三夏　⇩蓼（同右）

紅蓼　べにたで　三夏　⇩蓼（同右）

蓼摘む　たでつむ　三夏　⇩蓼（同右）

犬蓼　いぬたで　三夏　⇩蓼（同右）

例　犬蓼と背くらべしをり郵便夫　加藤秋邨

花蓼　はなたで　三夏　⇩蓼（同右）

紫蘇の葉　しそのは　晩夏　⇩紫蘇《しそ》（18頁）

赤紫蘇　あかじそ　晩夏　⇩紫蘇（同右）

青紫蘇　あおじそ　あをじそ　晩夏　⇩紫蘇（同右）

花紫蘇　はなじそ　晩夏　⇩紫蘇（同右）

紅蓮　べにはす　晩夏　⇩蓮《はす》の花（145頁）

白蓮　しろはす　晩夏　⇩蓮の花（同右）

白蓮 びゃくれん　晩夏　⇩蓮の花（同右）

蓮池 はすいけ　晩夏　⇩蓮の花（同右）

蓮の葉 はすのは　晩夏

蓮の葉は初め巻いた状態で、そののち大きく広がる。

5音 **蓮青葉**《はすあおば》

6音 **蓮**《はす》**の巻葉**《まきは》

大麦 おおむぎ　おほむぎ　初夏　⇩麦（19頁）

黒麦 くろむぎ　初夏　⇩麦（同右）

麦の穂 むぎのほ　初夏　⇩麦（同右）

痩麦 やせむぎ　初夏　⇩麦（同右）

麦熟る むぎうる　初夏　⇩麦（同右）

熟れ麦 うれむぎ　初夏　⇩麦（同右）

燕麦 えんばく　初夏　⇩烏麦《からすむぎ》（145頁）

若苗 わかなえ　わかなへ　仲夏　⇩早苗《さなえ》（44頁）

玉苗 たまなえ　たまなへ　仲夏　⇩早苗（同右）

浮苗 うきなえ　うきなへ　仲夏　⇩早苗（同右）

捨苗 すてなえ　すてなへ　仲夏　⇩早苗（同右）

帚木／箒木／地膚子 ははきぎ　晩夏

ヒユ科の一年草。茎を乾燥させて箒《ほうき》にするのでこの名。直立した茎に淡緑色の花が群れて咲く。

2音 **地膚**《ちふ》

5音 **帚草**《ははきぐさ》　**帚草**《ほうきぐさ》

箒木 ほうきぎ　はうきぎ　晩夏　⇨帚木

真木草 まきくさ　晩夏　⇨帚木

大麻 おおあさ　おほあさ　晩夏　⇩麻（19頁）

麻の葉 あさのは　晩夏　⇩麻（同右）

丸蒲 まるがま　三夏　⇩太藺《ふとい》（45頁）

丸菅 まるすげ　三夏　⇩太藺（同右）

夏草 なつくさ　三夏

夏に生い茂る草の総称。

例 夏草やベースボールの人遠し　正岡子規

例 夏草に延びてからまる牛の舌　高浜虚子

5音 夏《なつ》の草《くさ》

青草 あおくさ　あをくさ　三夏　⇨夏草

青芝 あおしば　あをしば　三夏

例 青芝に落ちし松葉の立つてゐる　岸本尚毅

夏芝 なつしば　三夏　⇨青芝

青蔦 あおつた　あをつた　三夏

5音 **蔦茂《つたしげ》る**　**蔦青葉《つたあおば》**　**蔦青《つたあお》し**

夏蔦 なつつた　三夏　⇨青蔦

青歯朶 あおしだ　あをしだ　初夏

5音 **歯朶《しだ》若葉《わかば》**

青萱 あおがや　あをがや　三夏　⇩青芒《あおすすき》（146頁）

青蘆／青葦 あおあし　あをあし　三夏

例 青蘆やふたりが遅れつつ五人　森賀まり

5音 **蘆茂《あししげ》る**

6音 **青蘆原《あおあしはら》**

夏萩 なつはぎ　仲夏

夏に花の咲く萩のこと。

青萩 あおはぎ　あをはぎ　仲夏　⇨夏萩

6音 **さみだれ萩《はぎ》**　**萩《はぎ》の茂《しげ》り**

葎生 むぐらう　三夏　⇩葎《むぐら》（45頁）

玉葛 たまくず　初夏　⇩玉巻《たまま》く葛《くず》（172頁）

喇叭花 らっぱか　らつぱくわ　晩夏　⇩朝鮮朝顔《ちょうせんあさがお》（192頁）

石菖 せきしょう　せきしやう　初夏

ショウブ科の常緑多年草。淡黄色の小花を多数つける。

5音 **石菖蒲《いしあやめ》**

風蘭 ふうらん　晩夏

ラン科の常緑多年草。細い葉が密生し、花は白くて細い五弁花。古くから鑑賞されたが、現在は絶滅危惧種。

例 風蘭やぬかるみに雨降つてゐる　岸本尚毅

岩蘭 いわらん　いはらん　晩夏　⇩胡蝶蘭《こちょうらん》（147頁）

鈴蘭 すずらん　初夏

3音 **リリー**

6音 **君影草《きみかげそう》**

昼顔　ひるがお　ひるがほ　仲夏

ヒルガオ科の蔓性多年草。花径約五センチで淡紅色。

例 ひるがほに電流かよひゐはせぬか　三橋鷹女

擬宝珠　ぎぼうし　仲夏　⇩擬宝珠《ぎぼうし》の花（187頁）

伏柴　ふししば　三夏　⇩真菰《まこも》（45頁）

胡蝶花　こちょうか　こてふくわ　仲夏　⇩著莪《しゃが》の花（148頁）

睡蓮　すいれん　晩夏

例 睡蓮や浴槽に日が差してゐる　上田信治

例 睡蓮そよげり袈裟まとわねばまだ少年　古沢太穂

5音 **未草《ひつじぐさ》**

沢瀉／面高　おもだか　仲夏

沼や水田に自生する水生植物。葉は六〇センチにもなり水面から突き出し、白い三弁花が咲く。

3音 **生藺《なまい》**　**野茨菰《やしこ》**

5音 **花慈姑《はなくわい》**

6音 **剪刀草《せんとうそう》**

河骨　こうほね　かうほね　仲夏

スイレン科の水草。水面の上下両方に葉が育ち、花径約四センチの黄色いカップ状の花が一つ咲く。

河骨　かわほね　かはほね　仲夏　⇨河骨

水栗　みずぐり　みづぐり　仲夏　⇩菱《ひし》の花（148頁）

蔆蔆　りょうりょう　仲夏　⇩菱の花（同右）

藺の花　いのはな　ゐのはな　仲夏

茎が畳表や茣蓙《ござ》などの材料になる藺草《いぐさ》は緑褐色の小花を多数つける。

2音 **藺田《いだ》**

3音 **藺草《いぐさ》**　**細藺《ほそい》**

6音 **灯心草《とうしんそう》**

蒲の穂　がまのほ　晩夏

2音 **蒲《がま》**

5音 **蒲《がま》の花《はな》**

蒲鉾 がまぼこ 晩夏 ⇨蒲の穂

馬歯草 ばしそう ばしさう 三夏 ⇩滑歯莧《すべりひゆ》（148頁）

馬莧 うまひゆ 三夏 ⇩滑歯莧（同右）

浜木綿 はまゆう はまゆふ 晩夏

海岸の砂地に自生するヒガンバナ科の常緑多年草。芳香のある白い花を咲かせる。

5音 **浜万年青《はまおもと》**

酢漿草 かたばみ 三夏

道端などに見られる多年草。葉はハート形が三枚合わさり、花は小さな黄色の五弁花。

5音 **すいも草《ぐさ》** **こがね草《ぐさ》**

6音 **酸《す》い物草《ものぐさ》**

しぶぐさ 仲夏 ⇩羊蹄《ぎしぎし》の花（187頁）

萱草 かんぞう くわんざう 晩夏

花は形がユリに似て、色は橙色など。

5音 **忘草《わすれぐさ》** **野萱草《のかんぞう》**

6音 **藪萱草《やぶかんぞう》**

十薬 じゅうやく じふやく 仲夏

湿った日陰に群生。白い四弁の苞葉の中心から白い小花が密集し、直立した穂状に咲く。

例 十薬の蕊高くわが荒野なり 飯島晴子

蕺草／蕺菜 どくだみ 仲夏 ⇨十薬

かやつり 晩夏 ⇩蚊帳吊草《かやつりぐさ》（173頁）

檜扇 ひおうぎ ひあふぎ 晩夏

花径約六センチで橙色に赤い斑点が入った花が咲く。

6音 **烏扇《からすおうぎ》**

うばたま 晩夏 ⇨檜扇

虎尾草 とらのお とらのを 仲夏

サクラソウ科の多年草。白い小花を穂状につける。

6音 **岡虎尾《おかとらのお》**

捩花 ねじばな ねぢばな 仲夏

ラン科の多年草。淡紅色や白色の小花が多数、茎に巻きつくように咲く。

6音 **文字摺草**《もじずりそう》

文字花　もじばな　仲夏　⇨捩花

文字摺　もじずり　仲夏　⇨捩花

黄蓮華　きれんげ　初春　⇩都草《みやこぐさ》（149頁）

夏枯草　かこそう　かこさう　仲夏　⇩靫草《うつぼぐさ》（149頁）

一つ葉　ひとつば　三夏
シダの一種。黄緑色の葉が三〇センチ以上に伸びる。

岩檜葉　いわひば　いはひば　三夏
シダの一種。檜《ひのき》の葉に似ていることからこの名。

5音 **巻柏**《まきかしわ》

岩松　いわまつ　いはまつ　三夏　⇨岩檜葉

浜萵苣　はまぢしゃ　三夏　⇩蔓菜《つるな》（46頁）

鴇草／朱鷺草　ときそう　ときさう　仲夏
ラン科の多年草。茎先に紅紫色の花を一つつける。

鷺草　さぎそう　さぎさう　晩夏
湿地に生えるラン科の多年草。形が鷺に似た白い花。

6音 **連鷺草**《つれさぎそう》

夕菅　ゆうすげ　ゆふすげ　晩夏
花は夕方に開き、黄白色で六裂のラッパ形。

3音 **黄菅**《きすげ》

風草　かぜぐさ　晩夏　⇩風知草《ふうちそう》（150頁）

蝦夷丹生　えぞにゅう　えぞにう　晩夏
セリ科の多年草。白い小花が集まって咲く。

駒草　こまくさ　晩夏
ケシ科の高山植物。淡紅色の四弁花は先が反り返る。

花苔　はなごけ　仲夏　⇩苔の花（150頁）

青苔　あおごけ　あをごけ　仲夏　⇩苔茂る（150頁）

藻の花　ものはな　仲夏
蛭蓆《ひるむしろ》（151頁）や金魚藻《きんぎょも》（96頁）など藻の花の総称。

3音 **花藻**《はなも》

萍／浮草　うきくさ　三夏

5音 **鏡草《かがみぐさ》　根無草《ねなしぐさ》**
7音 **萍《うきくさ》の花《はな》**

金魚藻　きんぎょも　三夏
水槽に入れる生育用・観賞用の水草の総称。
3音 **松藻《まつも》**

松葉藻　まつばも　三夏　⇨金魚藻

鬼蓮／芡　おにばす　三夏
スイレン科の水草。大きな葉を浮かべ、紫色の花を咲かせる。

水蕗　みずぶき　みづぶき　三夏　⇨鬼蓮

蓴菜　じゅんさい　三夏
3音 **蓴《ぬなわ》**
5音 **蓴採る《ぬなわとる》　蓴舟《ぬなわぶね》**
6音 **蓴《ぬなわ》の花《はな》**

蟬茸　せみたけ　仲夏
地中の蟬の蛹《さなぎ》に寄生する茸。

蟬花　せみばな　仲夏　⇨蟬茸

冠蟬　かんぜん　くわんぜん　仲夏　⇨蟬茸

木耳　きくらげ　仲夏

梅雨茸　つゆだけ　仲夏
梅雨時に生える茸の総称。
5音 **梅雨茸《つゆきのこ》／梅雨菌《つゆきのこ》**

青黴　あおかび　あをかび　仲夏　⇩黴《かび》（19頁）

黒黴　くろかび　仲夏　⇩黴（同右）

白黴　しろかび　仲夏　⇩黴（同右）

黴の香　かびのか　仲夏　⇩黴（同右）

天草　てんぐさ　三夏
紅藻類テングサ科の総称。寒天の材料になる。
7音 **心太草《ところてんぐさ》**

5音の季語

5音　時候

夏初め　なつはじめ　初夏　⇩初夏《しょか》（9頁）

五月来る　ごがつくる　ごぐわつくる　初夏　⇩五月（20頁）

例　五月来る甍づたひに靴を手に　生駒大祐

聖五月　せいごがつ　せいごぐわつ　初夏

夏に入る　なつにいる　初夏　⇩立夏（20頁）

夏来る　なつきたる　初夏　⇩立夏（同右）

例　おそるべき君等の乳房夏来る　西東三鬼

夏は来ぬ　なつはきぬ　初夏　⇩立夏（同右）

例　プラタナス夜も緑なる夏は来ぬ　石田波郷

例　ゆびとゆび高さをきそふ夏は来ぬ　八田木枯

今朝の夏　けさのなつ　初夏　⇩立夏（同右）

夏浅し　なつあさし　初夏

浅き夏　あさきなつ　初夏　⇨夏浅し

夏兆す　なつきざす　初夏　⇩夏めく（47頁）

薄暑光　はくしょこう　はくしょかう　初夏　⇩薄暑《はくしょ》（20頁）

麦の秋　むぎのあき　初夏

麦が収穫期を迎えること。

例　ひきだしの底板うすき麦の秋　上田信治

4音 ▷ **麦秋《ばくしゅう》**　**麦秋《むぎあき》**

靡草死る　びそうかる　びさうかる　初夏

七十二候（中国）で五月二六日頃から約五日間。靡草は薺《なずな》のこと。

早苗月　さなえづき　さなへづき　仲夏　⇩皐月《さつき》（21頁）

田草月　たぐさづき　仲夏　⇩皐月（同右）

梅雨に入る　つゆにいる　仲夏

3音 ▷ **梅雨入《ついり》／墜栗花《ついり》**

4音 **梅雨入《つゆい》り**　**梅雨《つゆ》めく**

6音 **梅雨始《つゆはじ》まる**

梅雨の入り　つゆのいり　仲夏　⇨梅雨に入る

梅雨兆す　つゆきざす　仲夏　⇨梅雨に入る

梅雨寒し　つゆさむし　仲夏　⇩梅雨寒《つゆざむ》（48頁）

半夏生　はんげしょう　はんげしやう　仲夏

七月二日頃。また期間として七十二候でその日から約五日間。

3音 **半夏《はんげ》**

6音 **半夏生《はんげしょう》ず**

半夏水　はんげみず　はんげみづ　仲夏　⇨半夏生

半夏雨　はんげあめ　仲夏　⇨半夏生

晩夏光　ばんかこう　ばんかくわう　晩夏　⇩晩夏（21頁）

梅雨の明　つゆのあけ　晩夏　⇩梅雨明《つゆあけ》（48頁）

梅雨あがる　つゆあがる　晩夏　⇩梅雨明（同右）

梅雨の後　つゆのあと　晩夏　⇩梅雨明（同右）

夏未明　なつみめい　三夏　⇩夏暁《なつあかつき》（152頁）

夏の暮　なつのくれ　三夏

6音 **夏《なつ》の夕《ゆう》べ**

夏夕べ　なつゆうべ　なつゆふべ　三夏　⇨夏の暮

夏の宵　なつのよい　なつのよひ　三夏

宵の夏　よいのなつ　よひのなつ　三夏　⇨夏の宵

緑の夜　みどりのよ　初夏

3音 **緑夜《りょくや》**

夏の夜半　なつのよわ　なつのよは　三夏　⇩夏《なつ》の夜《よ》（48頁）

熱帯夜　ねったいや　晩夏

明易し　あけやすし　三夏　⇩短夜《みじかよ》（48頁）

明早し　あけはやし　三夏　⇩短夜（同右）

明急ぐ　あけいそぐ　三夏　⇩短夜（同右）

土用前　どようまえ　晩夏　⇩土用（21頁）

土用入　どよういり　晩夏　⇩土用（同右）

土用中　どようなか　晩夏　⇩土用（同右）

土用明　どようあけ　晩夏　⇩土用（同右）
夏旺ん　なつさかん　晩夏　⇩盛夏（21頁）
蒸暑し　むしあつし　晩夏　⇩溽暑《じょくしょ》（22頁）
宵涼し　よいすずし　よひすずし　三夏　⇩涼し（22頁）
夏深し　なつふかし　晩夏
夏深む　なつふかむ　晩夏　⇨夏深し
夏の果　なつのはて　晩夏
4音　**夏果《なつはて》　夏果《なつは》つ　ゆく夏《なつ》　夏《なつ》ゆく**
6音　**夏《なつ》の別《わか》れ　夏《なつ》の名残《なごり》**
暮の夏　くれのなつ　晩夏　⇨夏の果
夏終る　なつおわる　なつをはる　晩夏　⇨夏の果
夏惜しむ　なつをしむ　晩夏　⇨夏の果
秋近し　あきちかし　晩夏
6音　**秋《あき》の隣《となり》**
秋隣　あきどなり　晩夏　⇨秋近し
秋隣る　あきとなる　晩夏　⇨秋近し
秋を待つ　あきをまつ　晩夏
4音　**秋待《あきま》つ**
夜の秋　よるのあき　晩夏
夏の終わりに、夜になると秋のような涼しさが感じられること。

5音　天文

夏日向　なつひなた　三夏　⇩夏の日（48頁）
夏日影　なつひかげ　三夏　⇩夏の日（同右）
夏の空　なつのそら　三夏
3音　**夏天《かてん》**
4音　**夏空《なつぞら》**
夏の天　なつのてん　三夏　⇨夏の空
梅雨の空　つゆのそら　仲夏　⇩梅雨空《つゆぞら》（49頁）
皐月空　さつきぞら　仲夏　⇩梅雨空（同右）
夏の雲　なつのくも　三夏

4音　夏雲《なつぐも》

雲の峰　くものみね　三夏

積乱雲の形状を聳える山に譬《たと》えたもの。坂東《ばんどう》（関東地方の古称）など地名を冠した地方ごとの呼称・愛称も多い。

例　厚餡割ればシクと音して雲の峰　中村草田男

4音　峰雲《みねぐも》　立《た》ち雲《ぐも》　雷雲《らいうん》

6音　入道雲《にゅうどうぐも》　積乱雲《せきらんうん》　鉄床雲《かなとこぐも》／鉄砧雲《かなとこぐも》　丹波《たんば》太郎《たろう》　信濃《しなの》太郎《たろう》　石見《いわみ》太郎《たろう》　安達《あだち》太郎《たろう》

7音　坂東《ばんどう》太郎《たろう》

夏の月　なつのつき　三夏

月涼し　つきすずし　三夏　⇨夏の月

梅雨の月　つゆのつき　仲夏

夏の星　なつのほし　三夏

星涼し　ほしすずし　三夏　⇨夏の星

梅雨の星　つゆのほし　仲夏

4音　麦星《むぎぼし》

6音　麦熟《むぎな》れ星《ぼし》

旱星　ひでりぼし　晩夏

夏の風　なつのかぜ　三夏

4音　夏風《なつかぜ》

夏嵐　なつあらし　三夏　⇨夏の風

御祭風　ごさいかぜ　三夏　⇨夏の風

南風　みなみかぜ　三夏

3音　南風《みなみ》

4音　南風《なんぷう》　正南風《まみなみ》

6音　海南風《かいなんぷう》

大南風　おおみなみ　おほみなみ　三夏　⇨南風

南吹く　みなみふく　三夏　⇨南風

あいの風　三夏

日本海沿岸に夏のあいだ吹くそよ風。

2音　あい

あえの風　三夏　⇨あいの風

山瀬風／山背風　やませかぜ　三夏　⇩山瀬《やませ》（22頁）

長瀬風　ながせかぜ　三夏　⇩山瀬（同右）

梅雨山瀬　つゆやませ　三夏　⇩山瀬（同右）

麦嵐　むぎあらし　初夏

熟れた麦の穂を吹き渡る風。

土用あい　どようあい　晩夏

土用（21頁）の時期に北から吹く涼風。

土用東風　どようごち　晩夏

土用の時期に吹く東風。

4音　**青東風《あおごち》**

青嵐　あおあらし　あをあらし　三夏

緑を濃くした草木に吹き渡る夏の嵐。

風薫る　かぜかおる　かぜかをる　三夏

夏に吹く穏やかな南風を嗅覚で捉えたもの。

4音　**薫風《くんぷう》**

風涼し　かぜすずし　晩夏　⇩涼風《すずかぜ》（50頁）

土用凪　どようなぎ　晩夏

土用（21頁）の時期の凪。

夏の雨　なつのあめ　三夏

例　武蔵野を傾け呑まむ夏の雨　三橋敏雄

3音　**緑雨《りょくう》**

走り梅雨　はしりづゆ　初夏

梅雨入りの前の長雨。

4音　**前梅雨《まえづゆ》**

6音　**梅雨《つゆ》の走《はし》り**

迎へ梅雨　むかえづゆ　むかへづゆ　初夏　⇨走り梅雨

墜栗花雨　ついりあめ　仲夏　⇩梅雨《つゆ》（10頁）

男梅雨　おとこづゆ　をとこづゆ　仲夏　⇩梅雨（同右）

激しく降る梅雨時の雨。

女梅雨　おんなづゆ　をんなづゆ　仲夏　⇩梅雨（同右）

穏やかに降る梅雨時の雨。

梅雨湿り　つゆじめり　仲夏　⇩梅雨（同右）

旱梅雨　ひでりづゆ　仲夏　⇩空梅雨《からつゆ》（51頁）

五月雨　さつきあめ　仲夏　⇩五月雨《さみだれ》（51頁）

送り梅雨　おくりづゆ　晩夏

梅雨の終わり頃にまとまって降る雨。

6音 **送《おく》り梅雨《ばいう》**

返り梅雨　かえりづゆ　かへりづゆ　晩夏　⇨送り梅雨

戻り梅雨　もどりづゆ　晩夏　⇨送り梅雨

薬降る　くすりふる　仲夏

旧暦五月五日（新暦六月上旬）薬日《くすりび》の正午に降る雨。

虎が雨　とらがあめ　仲夏

曾我十郎五郎兄弟が親の敵討ちのあと源頼朝に討ち取られた旧暦五月二八日（新暦六月下旬）に降る雨。

6音 **虎《とら》が涙《なみだ》**

8音 **虎《とら》が涙雨《なみだあめ》**

曾我の雨　そがのあめ　仲夏　⇨虎が雨

夏の露　なつのつゆ　三夏

露涼し　つゆすずし　三夏　⇨夏の露

夏の霧　なつのきり　三夏　⇩夏霧（51頁）

夏霞　なつがすみ　三夏

御来迎　ごらいごう　ごらいがう　晩夏

山頂付近で霧に自分の影が光輪を伴って映り、仏の来迎のように見える現象。

4音 **円虹《えんこう》**

御来光　ごらいこう　ごらいくわう　晩夏　⇨御来迎

虹の帯　にじのおび　三夏　⇩虹（10頁）

虹の梁　にじのはり　三夏　⇩虹（同右）

虹の橋　にじのはし　三夏　⇩虹（同右）

二重虹　ふたえにじ　ふたへにじ　三夏　⇩虹（同右）

はたた神　はたたがみ　三夏　⇩雷《かみなり》（52頁）

日雷　ひかみなり　三夏　⇩雷（同右）

例 低くゐる厠を襲ふ日雷　田川飛旅子

5音

梅雨の雷　つゆのらい　仲夏　⇩梅雨雷《つゆかみなり》（154頁）

梅雨曇　つゆぐもり　仲夏

梅雨時の曇天。

4音 **梅雨雲《つゆぐも》**

五月闇　さつきやみ　仲夏

新暦六月、梅雨時の闇。屋内の暗がりや曇った昼間の暗さ、また夜間の湿った暗闇。

例 とんねるに水踏む音や五月闇　正岡子規

4音 **梅雨闇《つゆやみ》**　**夏闇《なつやみ》**

梅雨の闇　つゆのやみ　仲夏　⇨五月闇

朝曇　あさぐもり　晩夏

盛夏の朝、靄がかかった曇り方。その日は炎暑になることが多い。

五月晴　さつきばれ　仲夏

梅雨時の晴れ間。

日の盛り　ひのさかり　晩夏　⇩日盛り《ひざかり》（52頁）

大西日　おおにしび　おほにしび　晩夏　⇩西日（23頁）

炎天下　えんてんか　晩夏　⇩炎天（52頁）

油照　あぶらでり　晩夏

雲が多く風のない蒸し暑さ。

片かげり　かたかげり　晩夏　⇩片蔭《かたかげ》（53頁）

例 色町に検査日ありし片かげり　髙橋睦郎

旱空　ひでりぞら　晩夏　⇩旱《ひでり》（23頁）

夏旱　なつひでり　晩夏　⇩旱（同右）

大旱　おおひでり　おほひでり　晩夏　⇩旱（同右）

旱年　ひでりどし　晩夏　⇩旱（同右）

旱川　ひでりがわ　ひでりがは　晩夏　⇩旱（同右）

旱草　ひでりぐさ　晩夏　⇩旱（同右）

旱雲　ひでりぐも　晩夏　⇩旱（同右）

5音 地理

夏の山　なつのやま　三夏

3音 夏嶺《なつね》 青嶺《あおね》

4音 夏山《なつやま》

夏の嶺 なつのみね 三夏 ⇨夏の山

青山河 あおさんが あをさんが 三夏 ⇨夏の山

夏山路 なつやまじ なつやまぢ 三夏 ⇨夏の山

青き嶺 あおきみね あをきみね 三夏 ⇨夏の山

皐月山／五月山 さつきやま 仲夏

六月の青々と茂った山。

梅雨の山 つゆのやま 仲夏

夏の富士 なつのふじ 三夏 ⇩夏富士（53頁）

例 近き夜空に男の固さ夏の富士 飯田龍太

皐月富士／五月富士 さつきふじ 仲夏

雪解富士 ゆきげふじ 仲夏 ⇩富士《ふじ》の雪解《ゆきげ》（154頁）

夏野原 なつのはら 三夏 ⇩夏野（23頁）

夏の原 なつのはら 三夏 ⇩夏野（同右）

旱畑 ひでりばた 三夏

井水増す いみずます ゐみづます 仲夏 ⇩濁《にご》り井《い》（53頁）

夏の川 なつのかわ なつのかは 三夏

4音 夏川《なつがわ》

夏河原 なつがわら なつがはら 三夏 ⇨夏の川

皐月川／五月川 さつきがわ さつきがは 仲夏

梅雨の川 つゆのかわ つゆのかは 仲夏 ⇨五月川

夏出水 なつでみず なつでみづ 仲夏 ⇩出水《でみず》（24頁）

梅雨出水 つゆでみず つゆでみづ 仲夏 ⇩出水（同右）

出水川 でみずがわ でみづがは 仲夏 ⇩出水（同右）

夏の湖 なつのうみ 三夏 ⇩夏《なつ》の湖《みずうみ》（177頁）

夏の沼 なつのぬま 三夏 ⇩夏の湖（同右）

夏の池 なつのいけ 三夏 ⇩夏の湖（同右）

夏の海 なつのうみ 三夏

4音 夏海《なつうみ》

夏の浜 なつのはま 三夏

青岬 あおみさき あをみさき 三夏 ⇩夏の岬（154頁）

夏の波　なつのなみ　三夏

4音　**夏波《なつなみ》**

夏怒濤　なつどとう　なつどたう　三夏　⇨夏の波

卯月波　うづきなみ　初夏　⇩卯波《うなみ》（24頁）

皐月波／皐月浪　さつきなみ　仲夏

3音　**皐波《さなみ》／皐浪《さなみ》**

皐月（新暦六月）の波。

土用波／土用浪　どようなみ　晩夏

土用（21頁）の頃の海の大波、高波。

例　近づかむために陸あり土用波　三橋敏雄

夏の潮　なつのしお　三夏

4音　**夏潮《なつじお》**　**苦潮《にがしお》**

青葉潮　あおばじお　あをばじほ　初夏

夏の黒潮。

4音　**青潮《あおじお》**

鰹潮　かつおじお　かつをじほ　初夏　⇨青葉潮

くされ潮　くされじお　くされじほ　三夏　⇩赤潮（54頁）

青田風　あおたかぜ　あをたかぜ　晩夏　⇩青田（24頁）

青田波　あおたなみ　あをたなみ　晩夏　⇩青田（同右）

青田道　あおたみち　あをたみち　晩夏　⇩青田（同右）

青田面　あおたのも　あをたのも　晩夏　⇩青田（同右）

青田時　あおたどき　あをたどき　晩夏　⇩青田（同右）

旱魃田　かんばつだ　晩夏　⇩日焼田《ひやけだ》（54頁）

田水沸く　たみずわく　たみづわく　晩夏

盛夏を迎え田の水温が上がること。

泉川　いずみがわ　いづみがは　三夏　⇩泉（24頁）

山清水　やましみず　やましみづ　三夏　⇩清水（25頁）

岩清水　いわしみず　いはしみづ　三夏　⇩清水（同右）

涸清水　かれしみず　かれしみづ　三夏　⇩清水（同右）

清水堰く　しみずせく　しみづせく　三夏　⇩清水（同右）

清水汲む　しみずくむ　しみづくむ　三夏　⇩清水（同右）

清水茶屋　しみずぢゃや　しみづぢやや　三夏　⇩清水（同右）

朝清水 あさしみず あさしみづ 三夏 ⇩清水（同右）

夕清水 ゆうしみず ゆふしみづ 三夏 ⇩清水（同右）

滝しぶき たきしぶき 三夏 ⇩滝（11頁）

滝の音 たきのおと 三夏 ⇩滝（同右）

夫婦滝 めおとだき めをとだき 三夏 ⇩滝（同右）

滝見茶屋 たきみぢゃや 三夏 ⇩滝（同右）

滝涼し たきすずし 三夏 ⇩滝（同右）

5音 生活

更衣 ころもがえ ころもがへ 初夏

衣服を夏物に替えること。晩秋に冬物に替えるのは「後《のち》の更衣」「秋の更衣」と呼ぶ。

更衣ふ／衣更ふ ころもかう ころもかふ 初夏 ⇨更衣

例 更衣て見たが家から出てみたが 夏目漱石

白重／白襲 しろがさね 初夏

襲《かさね》（表裏の色の組み合わせ）で白と白を重ねたもの。

3音 **白衣《しらえ》**

夏衣 なつごろも 三夏

3音 **夏着《なつぎ》**

4音 **夏物《なつもの》** **夏衣《なつぎぬ》** **麻衣《あさぎぬ》**

麻衣 あさごろも 三夏 ⇨夏衣

サマーウェア 三夏 ⇩夏服（55頁）

サンドレス 三夏 ⇩夏服（同右）

あっぱっぱ あっぱっぱ 三夏 ⇩夏服（同右）

半ズボン はんずぼん 三夏

6音 **ショートパンツ**

初袷 はつあわせ はつあはせ 初夏 ⇩袷《あわせ》（25頁）

古袷 ふるあわせ ふるあはせ 初夏 ⇩袷（同右）

絹袷 きぬあわせ きぬあはせ 初夏 ⇩袷（同右）

単物 ひとえもの ひとへもの 三夏 ⇩単衣《ひとえ》（25頁）

絵帷子 えかたびら ゑかたびら 晩夏 ⇩帷子《かたびら》（55頁）

黄帷子 きかたびら 晩夏 ⇩帷子（同右）

辻が花　つじがはな　晩夏　⇩帷子（同右）

薄衣　うすごろも　晩夏　⇩羅《うすもの》（55頁）

蟬衣　せみごろも　晩夏　⇩羅（同右）

晒川　さらしがわ　さらしがは　三夏　⇩晒布《さらし》（25頁）

奈良晒　ならざらし　三夏　⇩晒布（同右）

白縮　しろちぢみ　三夏　⇩縮《ちぢみ》（26頁）

縞縮　しまちぢみ　三夏　⇩縮（同右）

藍縮　あいちぢみ　あゐちぢみ　三夏　⇩縮（同右）

夏羽織　なつばおり　三夏

単衣《ひとえ》（25頁）の羽織。

夏袴　なつばかま　三夏

夏用の袴。絽《ろ》や麻など薄地の織物が用いられる。

湯帷子　ゆかたびら　三夏　⇩浴衣《ゆかた》（26頁）

浴衣掛　ゆかたがけ　三夏　⇩浴衣（同右）

白浴衣　しろゆかた　三夏　⇩浴衣（同右）

藍浴衣　あいゆかた　あゐゆかた　三夏　⇩浴衣（同右）

白絣／白飛白　しろがすり　晩夏

白い木綿や麻に紺色などの絣模様を施した布地。

3音　**白地《しろじ》**

レース編み　三夏　⇩レース（26頁）

アロハシャツ　三夏　⇩夏シャツ（56頁）

例　札束をむきだし持ちぞアロハシャツ　金原まさ子

海水着　かいすいぎ　晩夏　⇩水着（26頁）

サングラス　晩夏

例　全員サングラス全員初対面　西生ゆかり

例　サングラス外すや堂々たる醜女《しこめ》　加田由美

夏帽子　なつぼうし　三夏

例　夏帽子吹かれ吹かれてつひに脱ぐ　岸本尚毅

4音　**夏帽《なつぼう》**

6音　**カンカン帽《ぼう》**　**麦稈帽《むぎわらぼう》**

パナマ帽　三夏　⇨夏帽子

夏手套　なつしゅとう　なつしゆたう　三夏　⇩夏手袋（155頁）

衣紋竹　えもんだけ　三夏
衣服を掛けておく家具。

汗拭ひ　あせぬぐい　あせぬぐひ　三夏　⇩ハンカチ（56頁）

柏餅　かしわもち　かしはもち　初夏
例　晴れわたる東京にゐて柏餅　大木あまり

夏料理　なつりょうり　なつれうり　三夏
例　夏料理心を籠めて皿少な　後藤夜半
例　美しき緑はしれり夏料理　星野立子

豆御飯　まめごはん　初夏　⇩豆飯《まめめし》（56頁）

握り鮓　にぎりずし　三夏　⇩鮓《すし》（11頁）

ちらし鮓　ちらしずし　三夏　⇩鮓（同右）

五目鮓　ごもくずし　三夏　⇩鮓（同右）

稲荷鮓　いなりずし　三夏　⇩鮓（同右）

冷し汁　ひやしじる　三夏　⇩冷汁《ひやじる》（57頁）

冷奴　ひややっこ　三夏
例　夕方が町に来てをり冷奴　太田うさぎ

5音

冷豆腐　ひやどうふ　三夏　⇨冷奴

胡瓜揉　きゅうりもみ　きうりもみ　三夏

冷し瓜　ひやしうり　三夏

瓜冷す　うりひやす　三夏　⇨冷し瓜

茄子漬　なすびづけ　三夏　⇩茄子《なす》漬《づけ》（57頁）

生ビール　なまビール　三夏　⇩ビール（27頁）

黒ビール　くろビール　三夏　⇩ビール（同右）

ビヤホール　三夏　⇩ビール（同右）

缶ビール　かんビール　三夏　⇩ビール（同右）

ビール瓶　ビールびん　三夏　⇩ビール（同右）
例　真ん中に立たされてゐるビール瓶　雪我狂流

冷し酒　ひやしざけ　晩夏　⇩冷酒《ひやざけ》（58頁）
例　透明は硬さに似たり冷し酒　河内静魚

一夜酒　ひとよざけ　三夏　⇩甘酒（58頁）
甘酒の異称。数時間でできあがることから。

甘酒屋　あまざけや　三夏　⇩甘酒（同右）

砂糖水　さとうみず　さたうみづ　三夏

4音 **蜜水**《みつすい》

6音 **白玉水**《しらたますい》

アイスティー　三夏

6音 **冷**《ひや》**し紅茶**《こうちゃ》

薄荷水　はっかすい　はくかすい　三夏

レモン水　三夏

7音 **レモンスカッシュ**

ソーダ水／曹達水　三夏

6音 **炭酸水**《たんさんすい》　**沸騰酸**《ふっとうさん》

かき氷　かきごおり　かきごほり　三夏

例 かき氷味無き場所に行き当たる　小野あらた

氷水　こおりみず　こほりみづ　三夏　⇨かき氷

例 一階に載せて二階や氷水　小川軽舟

甘露水　かんろすい　三夏　⇨かき氷

シャーベット　三夏　⇩氷菓《ひょうか》（27頁）

葛桜　くずざくら　三夏　⇩葛饅頭《くずまんじゅう》（156頁）

土用餅　どようもち　晩夏

土用（21頁）に小豆餡で包んだ餅を食べる風習。

心太／心天　ところてん　三夏

例 喰ふための前傾さみしところてん　林桂

7音 **心太突**《ところてんつ》**き**

こころぶと　三夏　⇨心太

こころてん　三夏　⇨心太

茹小豆　ゆであずき　ゆであづき　三夏

4音 **煮**《に》**小豆**《あずき》

6音 **冷**《ひや》**し汁粉**《しるこ》

冷し飴　ひやしあめ　三夏　⇩飴湯《あめゆ》（28頁）

麨粉　はったいこ　三夏　⇩麨《はったい》（59頁）

麦炒粉　むぎいりこ　三夏　⇩麨（同右）

麦こがし　むぎこがし　三夏　⇩麨（同右）

鰻の日　うなぎのひ　晩夏　⇩土用鰻《どよううなぎ》（156頁）

泥鰌鍋　どじょうなべ　どぢやうなべ　三夏

6音 **柳川鍋**《やながわなべ》

泥鰌汁　どじょうじる　どぢやうじる　三夏　⇨泥鰌鍋

穴子鮨　あなごずし　三夏

焼穴子　やきあなご　三夏

沖膾　おきなます　三夏

釣った魚を釣り船の上で食べること。

なまり節　三夏　⇩生節《なまぶし》（59頁）

湯引き鱧　ゆびきはも　三夏　⇩鱧《はも》ちり（59頁）

鱧の皮　はものかわ　はものかは　三夏　⇩鱧ちり（同右）

鱧茶漬　はもちゃづけ　三夏　⇩鱧ちり（同右）

鱧料理　はもりょうり　はもれうり　三夏　⇩鱧ちり（同右）

皮鯨　かわくじら　かはくぢら　三夏　⇩晒鯨《さらしくじら》（157頁）

塩鯨　しおくじら　しほくぢら　三夏　⇩晒鯨（同右）

夏館　なつやかた　三夏

夏邸／夏屋敷　なつやしき　三夏　⇨夏館

夏ともし　なつともし　三夏　⇩夏《なつ》の灯《ひ》（59頁）

夏火鉢　なつひばち　三夏　⇩夏炉《なつろ》（28頁）

夏座敷　なつざしき　三夏

バルコニー　三夏　⇩露台《ろだい》（28頁）

泉殿　いずみどの　いづみどの　三夏

納涼のため池などの上に設《しつら》えた建造物。

4音 **水殿**《みずどの》　**水亭**《すいてい》

夏蒲団／夏布団　なつぶとん　三夏

4音 **夏掛**《なつがけ》

夏衾　なつぶすま　三夏　⇨夏蒲団

麻蒲団／麻布団　あさぶとん　三夏　⇨夏蒲団

革蒲団　かわぶとん　かはぶとん　三夏

綾筵　あやむしろ　三夏　⇩花茣蓙《はなござ》（60頁）

蒲筵　がまむしろ　三夏

蒲の茎で編んだ敷物。板の間などに敷く。

4音 **蒲茣蓙**《がまござ》

籐筵 とうむしろ 三夏
籐で編んだ敷物。客間や玄関などに敷く。

簟 たかむしろ 三夏
竹で編んだ敷物。客間や玄関などに敷く。

竹筵 たけむしろ 三夏 ⇨簟
4音 **竹席**《ちくせき》

籠枕 かごまくら 三夏
籐や竹を編んでつくった枕。
例 われ思はざるときも我あり籠枕 三橋敏雄
例 天井に投げてもみたり籠枕 岩淵喜代子

籐枕 とうまくら 三夏 ⇨籠枕

陶磁枕 とうじちん たうじちん 三夏 ⇩陶枕《とうちん》（60頁）

石枕 いしまくら 三夏 ⇩陶枕（同右）

金枕 かねまくら 三夏 ⇩陶枕（同右）

竹枕 たけまくら 三夏 ⇩陶枕（同右）

竹婦人／竹夫人 ちくふじん 三夏
竹や籐を編んだ籠。寝るとき涼しさを得るのに使う。
例 竹夫人背中へ廻る夜明かな 鈴木鷹夫
例 竹夫人すこし年上かもしれぬ 浅沼璞
4音 **抱籠**《だきかご》

添寝籠 そいねかご そひねかご 三夏 ⇨竹婦人

掛簾 かけすだれ 三夏 ⇩簾《すだれ》（28頁）

玉簾 たますだれ 三夏 ⇩簾（同右）

葭簾 よしすだれ 三夏 ⇩簾（同右）

玻璃簾 はりすだれ 三夏 ⇩簾（同右）

青簾 あおすだれ あをすだれ 三夏 ⇩簾（同右）
例 雲水もともに仮泊や青すだれ 飯田蛇笏

夏暖簾 なつのれん 三夏

麻暖簾 あさのれん 三夏 ⇨夏暖簾

葭簀掛 よしずがけ 三夏 ⇩葭簀《よしず》（29頁）

葭簀張 よしずばり 三夏 ⇩葭簀（同右）

籐寝椅子 とうねいす 三夏 ⇩籐椅子《とういす》（60頁）

竹床几　たけしょうぎ　たけしやうぎ　三夏
竹製の腰掛け。夕涼《ゆうすずみ》の縁台などにする。

ハンモック　三夏
例　腕時計の手が垂れてをりハンモック　波多野爽波
3音　**寝網**《ねあみ》
4音　**吊床**《つりどこ》

蠅叩　はえたたき　はへたたき　三夏
例　蠅叩一閃したる新居かな　岸本尚毅
例　蠅叩此処になければ何処にもなし　藤田湘子

蚊帳初　かやはじめ　三夏　⇩蚊帳《かや》（11頁）

蚊遣香　かやりこう　かやりかう　三夏　⇩蚊遣《かやり》（29頁）

蚊遣草　かやりぐさ　三夏　⇩蚊遣（同右）

薫衣香　くのえこう　くのえかう　三夏
衣裳の香り付け、掛軸などの虫除けのための薫物《たきもの》。

暑気払　しょきばらい　しょきばらひ　晩夏
暑さによる疲労をとり身体を癒すために飲む薬。

蚤取粉　のみとりこ　三夏

天瓜粉／天花粉　てんかふん　てんくわふん　三夏
例　かたちなき空美しや天瓜粉　三橋敏雄
例　天瓜粉あぎとあぐればのどぼとけ　依光陽子

冷房車　れいぼうしゃ　れいばうしや　晩夏　⇩冷房（61頁）

花氷　はなごおり　はなごほり　晩夏
中に草花を入れて凍らせた氷柱。ホテルや劇場のロビーに置かれた。
例　三越を歩き呆けや花氷　中村汀女

冷蔵庫　れいぞうこ　れいざうこ　三夏
例　冷蔵庫しめてプリンを揺らしけり　雪我狂流
例　冷蔵庫に入らうとする赤ん坊　阿部青鞋
例　真白な大きな電気冷蔵庫　波多野爽波

白団扇　しろうちわ　しろうちは　三夏　⇩団扇《うちわ》（29頁）

扇風機　せんぷうき　三夏
例　某日や風が廻せる扇風機　正木浩一

吊忍／釣忍　つりしのぶ　三夏

忍（シノブ科の羊歯《しだ》）を形を整えて軒下などに吊るしたもの。

軒忍　のきしのぶ　三夏　⇨吊忍／釣忍

走馬灯　そうまとう　三夏

影絵を回転させる仕組みの灯籠。

例 走馬燈おろかなる絵のうつくしき　大野林火

7音 **回《まわ》り灯籠《どうろう》**

白日傘　しろひがさ　三夏　⇩日傘（29頁）

例 ビルは更地に更地はビルに白日傘　山口優夢

をけら焚く　仲夏　⇩蒼朮《そうじゅつ》を焚《た》く（178頁）

虫払　むしばらい　むしばらひ　晩夏　⇩虫干《むしぼし》（61頁）

土用干　どようぼし　晩夏　⇩虫干（同右）

例 山を見る二階なりけり土用干　涼菟

書を曝す　しょをさらす　晩夏　⇩虫干（同右）

井戸浚　いどさらえ　ゐどさらへ　晩夏　⇩晒井《さらしい》（61頁）

日向水　ひなたみず　ひなたみづ　晩夏

日差しで温かくなった水。桶などに水を張り日向に置き、手足を洗ったり行水に使ったりした。

撒水車　さんすいしゃ　三夏

氷売　こおりうり　こほりうり　三夏

麦叩　むぎたたき　初夏　⇩麦打《むぎうち》（62頁）

麦埃　むぎぼこり　初夏　⇩麦打（同右）

今年麦　ことしむぎ　初夏　⇩新麦（62頁）

牛冷す　うしひやす　晩夏

農耕牛を水辺で洗う作業。

例 牛冷すホース一本暴れをり　小川軽舟

馬冷す　うまひやす　晩夏

農耕馬を水辺で洗う作業。

溝浚へ　みぞさらえ　みぞさらへ　初夏

水の流れをよくするための溝や用水路の清掃。

溝浚ひ　みぞさらい　みぞさらひ　初夏　⇨溝浚へ

田搔牛　たかきうし　初夏　⇩代搔《しろかき》（62頁）

田搔馬　たかきうま　初夏　⇩代搔（同右）

田水張る　たみずはる　たみづはる　初夏

田植のための水を田に張ること。

田水引く　たみずひく　たみづひく　初夏　⇨田水張る

早苗取　さなえとり　さなへとり　仲夏　⇩苗取《なえとり》（62頁）

田植歌　たうえうた　たうゑうた　仲夏　⇩田植（30頁）

水喧嘩　みずげんか　みづげんくわ　仲夏　⇩水争《みずあらそい》（157頁）

水盗む　みずぬすむ　みづぬすむ　仲夏

旱魃の際、勝手に水門を開けるなどすること。

4音　**水番**《みずばん》

6音　**水盗人**《みずぬすびと》

水守る　みずまもる　みづまもる　仲夏　⇨水盗む

草むしり　くさむしり　晩夏　⇩草取《くさとり》（63頁）

大豆蒔く　だいずまく　だいづまく　初夏　⇩豆蒔《まめま》く（63頁）

小豆蒔く　あずきまく　あづきまく　初夏　⇩豆蒔く（同右）

甘藷植う　かんしょうう　初夏

甘藷（サツマイモ）の苗植え。三月から四月頃。

椿挿す　つばきさす　仲夏

椿を挿し木で育てること。おおむね六月から七月。

挿椿　さしつばき　仲夏　⇨椿挿す

菜種刈　なたねかり　初夏

花が終わって莢《さや》が熟れた頃に刈る。採取した種から菜種油を作るなどする。

薄荷刈　はっかかり　はくかかり　仲夏

刈り取りは五月下旬頃から、薄荷油などを作る。

藺草刈　いぐさかり　ゐぐさかり　晩夏　⇩藺刈《いかり》（30頁）

昆布刈　こんぶかり　三夏

昆布採る　こんぶとる　三夏　⇨昆布刈

昆布干す　こんぶほす　三夏　⇨昆布刈

昆布舟　こんぶぶね　三夏　⇨昆布刈

海蘿干　ふのりほし　晩夏

刺身のツマなどに用いる海蘿（紅藻類）の天日《てんぴ》干し。

漆掻　うるしかき　仲夏

漆の木から樹液を採取すること。

漆取る　うるしとる　仲夏　⇨漆掻

袋掛　ふくろかけ　三夏

果実を鳥や病害から守るため紙袋で覆うこと。

草刈機　くさかりき　三夏　⇩草刈《くさかり》（64頁）

虫篝　むしかがり　晩夏

農作物を守るため篝火で昆虫を集め駆除すること。

誘蛾灯　ゆうがとう　いうがとう　晩夏

水見舞　みずみまい　みづみまひ　仲夏

台風や大雨などの水害を見舞うこと。

繭問屋　まゆどんや　初夏　⇩繭《まゆ》（12頁）

繭相場　まゆそうば　まゆさうば　初夏　⇩繭（同右）

囮鮎　おとりあゆ　をとりあゆ　三夏　⇩鮎釣《あゆつり》（64頁）

鮎の宿　あゆのやど　三夏　⇩鮎釣（同右）

夜焚釣　よたきつり　三夏

船上で火を焚き、魚をおびき寄せて釣ること。

3音　**夜焚《よたき》**

夜焚舟　よたきぶね　三夏　⇨夜焚釣

箱眼鏡　はこめがね　三夏

水中を覗くため、箱の底にガラスをはめ込んだ器具。

水眼鏡　みずめがね　みづめがね　三夏　⇩水中眼鏡（178頁）

夕涼み　ゆうすずみ　ゆふすずみ　晩夏　⇩涼み（30頁）

川床涼み　ゆかすずみ　晩夏　⇩川床《かわどこ》（65頁）

川床料理　ゆかりょうり　ゆかれうり　晩夏　⇩川床（同右）

船遊／舟遊　ふなあそび　三夏

船料理　ふなりょうり　ふなれうり　三夏

磯料理　いそりょうり　いそれうり　三夏

貸ボート　三夏　⇩ボート（30頁）

ボート小屋　三夏　⇩ボート（同右）

山登り　やまのぼり　晩夏　⇩登山（31頁）

登山小屋　とざんごや　晩夏　⇩登山（同右）

海の家　うみのいえ　三夏

例　海の家から海までの足の跡　西原天気

6音　**ビーチハウス**

バンガロー　三夏

海開き　うみびらき　晩夏

海水浴場の開設。七月一日が多い。

浮袋　うきぶくろ　晩夏　⇩泳ぎ（31頁）

立泳ぎ　たちおよぎ　晩夏　⇩泳ぎ（同右）

例　人間で終る一生立泳ぎ　柘植史子

平泳ぎ　ひらおよぎ　晩夏　⇩泳ぎ（同右）

バタフライ　晩夏　⇩泳ぎ（同右）

ダイビング　晩夏　⇩飛び込み（65頁）

砂日傘　すなひがさ　晩夏

7音　**ビーチパラソル**

浜日傘　晩夏　⇨砂日傘

西瓜割り　すいかわり　すいくわわり　晩夏

滝行者　たきぎょうじゃ　たきぎやうじや　晩夏　⇩滝浴《たきあび》（65頁）

金魚売　きんぎょうり　三夏

4音　**金魚屋**《きんぎよや》

蛍売　ほたるうり　仲夏

作り滝　つくりだき　三夏

ホテルなどに設《しつら》えた人工の滝。

4音　**庭滝**《にわたき》

揚花火　あげはなび　晩夏　⇩花火（31頁）

例　揚花火二階灯してすぐ消して　長谷川かな女

遠花火　とおはなび　とほはなび　晩夏　⇩花火（同右）

五月場所　ごがつばしょ　ごぐわつばしょ　初夏　⇩夏場所（66頁）

夏芝居　なつしばい　なつしばゐ　晩夏

例　夏芝居監物某出てすぐ死　小澤實

6音　**夏狂言**《なつきようげん》

野外劇　やがいげき　やぐわいげき　晩夏

水遊び　みずあそび　みづあそび　三夏

6音　**水鉄砲**《みずでっぽう》

浮いてこい　三夏　⇩浮人形《うきにんぎょう》（158頁）

水中花　すいちゅうか　すいちゆうくわ　三夏

例　水中花なりの結末ありにけり　山田露結

4音　**酒中花**《しゅちゅうか》

金魚玉　きんぎょだま　三夏

金魚鉢　きんぎょばち　三夏　⇨金魚玉

捕虫網　ほちゅうあみ　ほちうあみ　晩夏

8音　**昆虫採集**《こんちゅうさいしゅう》

蛍狩　ほたるがり　仲夏

4音　**蛍見**《ほたるみ》

蛍舟　ほたるぶね　仲夏　⇨蛍狩

蓮見舟　はすみぶね　晩夏　⇩蓮見《はすみ》（32頁）

蛍籠　ほたるかご　仲夏

立版古　たてばんこ　三夏　⇩起《おこ》し絵《え》（66頁）

肝試し　きもだめし　三夏

丸裸　まるはだか　晩夏　⇩裸（32頁）

真裸　まっぱだか　晩夏　⇩裸（同右）

夕端居　ゆうはしい　ゆふはしゐ　三夏　⇩端居《はしい》（32頁）

髪洗ふ　かみあらう　かみあらふ　三夏

洗ひ髪　あらいがみ　あらひがみ　三夏　⇨髪洗ふ

例　洗ひ髪身におぼえなき光ばかり　八田木枯

汗みどろ　あせみどろ　三夏　⇩汗（12頁）

汗匂ふ　あせにおう　あせにおふ　三夏　⇩汗（同右）

脂汗　あぶらあせ　三夏　⇩汗（同右）

玉の汗　たまのあせ　三夏　⇩汗（同右）

昼寝覚　ひるねざめ　三夏　⇩昼寝（32頁）

三尺寝　さんじゃくね　三夏　⇩昼寝（同右）

例　また使ふからだ横たへ三尺寝　南十二国

夏の風邪　なつのかぜ　三夏

4音 **夏風邪《なつかぜ》**

暑気中り　しょきあたり　晩夏

例　おはやしの暑気中りしてゐたりけり　中村吉右衛門

暑さ負け　あつさまけ　晩夏　⇨暑気中り

水中り　みずあたり　みづあたり　三夏

例　はなやかに雲遠ざかる水中り　鳥居真里子

日射病　にっしゃびょう　につしやびやう　晩夏

4音 **暍病《えつびょう》**

6音 **熱中症《ねっちゅうしょう》**

熱射病　ねっしゃびょう　ねつしやびやう　晩夏　⇨日射病

コレラ船　これらせん　晩夏　⇩コレラ（33頁）

夏期手当　かきてあて　晩夏

夏休　なつやすみ　晩夏

例　どの部屋に行つても暇や夏休　西村麒麟

夏季休暇　かききゅうか　かききうか　晩夏　⇨夏休

夏期講座　かきこうざ　かきかうざ　晩夏

6音 **夏期講習《かきこうしゅう》**

5音　行事

こどもの日　初夏

五月五日。

愛鳥日　あいちょうび　初夏　⇩愛鳥週間（189頁）

電波の日　でんぱのひ　仲夏

六月一日。

例　ジーンズの乾く音する電波の日　吉永興子

原爆忌　げんばくき　晩夏　⇩原爆の日（159頁）

広島忌　ひろしまき　晩夏　⇩原爆の日（同右）

長崎忌　ながさきき　晩夏　⇩原爆の日（同右）

菖蒲の日　あやめのひ　初夏　⇩端午《たんご》（33頁）

初節句　はつぜっく　初夏　⇩端午（同右）

紙幟　かみのぼり　初夏　⇩幟《のぼり》（33頁）

幟市　のぼりいち　初夏　⇩幟（同右）

幟竿　のぼりざお　のぼりざを　初夏　⇩幟（同右）

吹流　ふきながし　初夏　⇩幟（同右）

輪に色とりどりの長い紐をつけたもの。幟とともに立てた。

鯉幟　こいのぼり　こひのぼり　初夏

例　ゆふぐれの畳に白い鯉のぼり　鴇田智哉

例　学歴もはらわたもなき鯉幟　浅沼璞

4音　**矢車《やぐるま》**

五月鯉　さつきごい　さつきごひ　初夏　⇨鯉幟

武具飾る　ぶぐかざる　初夏　⇩武者人形《むしやにんぎよう》（159頁）

菖蒲引く　しょうぶひく　しやうぶひく　仲夏

端午の節句のために池などから菖蒲を抜くこと。

菖蒲刈る　しょうぶかる　しやうぶかる　仲夏　⇨菖蒲引く

菖蒲引く　あやめひく　仲夏　⇨菖蒲引く

菖蒲風呂　しょうぶぶろ　しやうぶぶろ　仲夏　⇩菖蒲湯《しょうぶゆ》（68頁）

薬狩　くすりがり　仲夏

薬草や薬の原料となる鹿の角を採取すること。

6音　**百草摘《ひゃくそうつみ》**

薬の日　くすりのひ　仲夏　⇨薬狩

薪能　たきぎのう　初夏

舞台の四方に篝火《かがりび》を配した野外能。

4音　**芝能《しばのう》**

6音　**若宮能《わかみやのう》**

7音　**薪猿楽《たきぎさるがく》**

ペリー祭　ぺりーさい　初夏　⇩黒船祭《くろふねまつり》（179頁）

山開　やまびらき　晩夏

登山の解禁日。

6音　**開山祭《かいざんさい》**　**卯月八日《うづきようか》**

パリー祭　晩夏　⇩パリ祭（68頁）

川開　かわびらき　かはびらき　晩夏

河畔での納涼の施設や催しが始まる日。

土用灸　どようきゅう　どようきう　晩夏

土用（21頁）にすえる灸。この時期だと効果が大きいとされた。

6音 **土用艾**《どようもぐさ》 **焙烙灸**《ほうろくきゅう》

夏祭 なつまつり 三夏 ⇩祭（33頁）

神祭 かみまつり 三夏 ⇩祭（同右）

祭笛 まつりぶえ 三夏 ⇩祭（同右）

祭髪 まつりがみ 三夏 ⇩祭（同右）

御柱 おんばしら 初夏 ⇩御柱祭《おんばしらまつり》（190頁）

競馬 くらべうま 初夏

五月五日、京都・賀茂別雷《かもわけいかずち》神社の神事。

鍋祭 なべまつり 初夏 ⇩筑摩祭《つくままつり》（160頁）

賀茂祭／加茂祭 かもまつり 初夏 ⇩葵祭《あおいまつり》（160頁）

賀茂葵 かもあおい かもあふひ 初夏 ⇩葵祭（同右）

懸葵 かけあおい かけあふひ 初夏 ⇩葵祭（同右）

北祭 きたまつり 初夏 ⇩葵祭（同右）

三社祭 さんじゃさい 初夏 ⇩三社祭《さんじゃまつり》（160頁）

5音

富士詣 ふじもうで ふじまうで 仲夏

信仰目的の富士登山。各地で富士山を模した築土《つくど》への参拝も広まった。

4音 **富士講**《ふじこう》

6音 **浅間講**《せんげんこう》

富士道者 ふじどうじゃ ふじだうじや 仲夏 ⇨富士詣

富士行者 ふじぎょうじゃ ふじぎやうじや 仲夏 ⇨富士詣

夏祓 なつはらえ なつはらへ 晩夏 ⇩名越《なごし》の祓《はらえ》（180頁）

船祭 ふなまつり 晩夏 ⇩天神祭《てんじんまつり》（180頁）

夏百日 げひゃくにち 三夏 ⇩夏安居《げあんご》（69頁）

練供養 ねりくよう ねりくやう 初夏

「二十五菩薩」の来迎を演じる祭事。各地に残り、當麻《たいま》寺《でら》（奈良県）では毎年五月一四日。

来迎会 らいごうえ らいがうゑ 初夏 ⇨練供養

迎接会 げいせつえ げいせつゑ 初夏 ⇨練供養

曼荼羅会 まんだらえ まんだらゑ 初夏 ⇨練供養

千団子　せんだんご　初夏

五月中旬の土曜日から三日間、滋賀県大津市の三井寺《みいでら》（園城寺《おんじょうじ》）で行われる鬼子母神の祭事。

6音 **千団講《せんだんこう》／栴檀講《せんだんこう》**

8音 **千団子祭《せんだんごまつり》**　**千団子詣《せんだんごもうで》**　**鬼子母神参《きしぼじんまいり》**

健吉忌　けんきちき　初夏

五月七日。評論家、山本健吉（一九〇七〜八八年）の忌日。

登四郎忌　としろうき　としらうき　初夏

五月二四日。俳人、能村登四郎（一九一一〜二〇〇一年）の忌日。

朴花忌　ほおばなき　ほほばなき　初夏　⇨登四郎忌

白桜忌　はくおうき　はくあうき　初夏　⇨登四郎忌

紅緑忌　こうろくき　仲夏

六月三日。小説家・俳人、佐藤紅緑（一八七四〜一九四九年）の忌日。

桜桃忌　おうとうき　あうたうき　仲夏

六月一三日。作家、太宰治（一九〇九〜四八年）の忌日。

楸邨忌　しゅうそんき　しうそんき　仲夏

七月三日。俳人、加藤楸邨（一九〇五〜九三年）の忌日。

重信忌　しげのぶき　晩夏

七月八日。俳人、高柳重信（一九二三〜八三年）の忌日。

鷗外忌　おうがいき　おうぐわいき　晩夏

七月九日。小説家、森鷗外（一八六二〜一九二二年）の忌日。

喜雨亭忌　きうていき　晩夏　⇩秋櫻子忌《しゅうおうしき》（161頁）

群青忌　ぐんじょうき　ぐんじやうき　晩夏　⇩秋櫻子忌（同右）

紫陽花忌　あじさいき　あぢさゐき　晩夏　⇩秋櫻子忌（同右）

谷崎忌　たにざきき　晩夏

七月三〇日。小説家、谷崎潤一郎（一八八六～一九六五年）の忌日。

7音　**潤一郎忌**《じゅんいちろうき》

しづの女忌　しづのじょき　しづのぢょき　晩夏
八月三日。俳人、竹下しづの女（一八八七～一九五一年）の忌日。

草田男忌　くさたおき　くさたをき　晩夏
八月五日。俳人、中村草田男（一九〇一～八三年）の忌日。

炎熱忌　えんねつき　晩夏　⇨草田男忌

隠元忌　いんげんき　初夏
旧暦四月三日。中国の禅僧で日本黄檗《おうばく》宗の開祖、隠元《いんげん》隆琦《りゅうき》（一五九二～一六七三年）の忌日。

11音　**黄檗山開山忌**《おうばくさんかいざんき》

肖柏忌　しょうはくき　せうはくき　初夏
旧暦四月四日。連歌師、牡丹花肖柏（一四四三～一五二七年）の忌日。

牡丹花忌　ぼたんかき　ぼたんくわき　初夏　⇨肖柏忌

義経忌　よしつねき　初夏
旧暦閏四月三〇日。武将、源義経（一一五九～八九年）の忌日。

4音　**義経忌**《ぎけいき》

鑑真忌　がんじんき　仲夏
旧暦五月六日。中国の僧で日本律宗の開祖、鑑真和上《がんじんわじょう》（六八八～七六三年）の忌日。

道頓忌　どうとんき　だうとんき　仲夏
旧暦五月八日。土木家、安井道頓（一五三三～一六一五年）の忌日。

枇杷園忌　びわえんき　びはゑんき　仲夏　⇩士朗忌《しろうき》（71頁）

丈山忌　じょうざんき　ぢやうざんき　仲夏
旧暦五月二三日。漢詩人、石川丈山（一五八三～一六七二年）の忌日。

蟬丸忌　せみまるき　仲夏

旧暦五月二四日。平安初期の歌人、蟬丸（生没年不詳）の忌日。

7音 **蟬丸祭《せみまるまつり》**

9音 **関明神祭《せきのみょうじんさい》**

業平忌　なりひらき　仲夏

旧暦五月二八日。歌人、在原《ありわらの》業平（八二五～八〇年）の忌日。

4音 **在五《ざいご》忌《き》**

光琳忌　こうりんき　くわうりんき　晩夏

旧暦六月二日。画家、尾形光琳（一六五八～一七一六年）の忌日。

5音　動物

袋角　ふくろづの　初夏

鹿の角が抜けたあとから出てくる新しい角。

4音 **鹿茸《ろくじょう》**

7音 **鹿《しか》の若角《わかづの》**

8音 **鹿《しか》の袋角《ふくろづの》**

蚊喰鳥　かくいどり　かくひどり　三夏　⇩蝙蝠《こうもり》（71頁）

例 浜松町田町夕風蚊喰鳥　岸本尚毅

夏蛙　なつがえる　なつがへる　三夏

青蛙　あおがえる　あをがへる　三夏

7音 **森青蛙《もりあおがえる》**

雨蛙　あまがえる　あまがへる　三夏

枝蛙　えだかわず　えだかはづ　三夏　⇨雨蛙

河鹿笛　かじかぶえ　三夏　⇩河鹿《かじか》（34頁）

牛蛙　うしがえる　うしがへる　仲夏

牛蛙　うしかわず　うしかはづ　仲夏　⇨牛蛙

蟇／蟾蜍　ひきがえる　ひきがへる　三夏

例 古靴に慕ひ寄るなり蟾蜍　小川軽舟

2音 **蟾《ひき》**　**蝦蟇《がま》**

がまがへる　がまがえる　三夏　⇨蟇

青蜥蜴　あおとかげ　あをとかげ　三夏　⇩蜥蜴《とかげ》（34頁）

例　青蜥蜴なぶるに幼児語をつかう　金原まさ子

瑠璃蜥蜴　るりとかげ　三夏　⇩蜥蜴（同右）

縞蜥蜴　しまとかげ　三夏　⇩蜥蜴（同右）

赤楝蛇／山楝蛇　やまかがし　三夏　⇩蛇（12頁）

蛇の衣　へびのきぬ　仲夏　⇩蛇衣《へびきぬ》を脱《ぬ》ぐ（180頁）

例　蛇の衣なほその上の枝にもあり　高浜年尾

蛇の殻　へびのから　仲夏　⇩蛇衣を脱ぐ（同右）

赤蝮　あかまむし　三夏　⇩蝮《まむし》（35頁）

蝮捕　まむしとり　三夏　⇩蝮（同右）

蝮酒　まむしざけ　三夏　⇩蝮（同右）

鳥屋籠　とやごもり　初夏　⇩鷹《たか》の塒入《とやいり》（181頁）

羽抜鳥　はぬけどり　晩夏

冬羽から夏羽への換羽期を迎えた鳥。

6音　**鳥《とり》の換羽《かえば》**

5音

羽抜鶏　はぬけどり　晩夏　⇨羽抜鳥

例　ハーモニカ吹けば寄り来る羽抜鶏　岸本尚毅

羽抜鴨　はぬけがも　晩夏　⇨羽抜鳥

時鳥／郭公／杜鵑／子規／不如帰／蜀魂／杜宇

ほととぎす　三夏

カッコウ科の鳥。五月に南方から渡ってくる。

例　京にても京なつかしやほととぎす　芭蕉

例　時鳥なけや頭痛の抜《ぬけ》る程　一茶

例　屈葬めく夜明けの便器ほととぎす　中島斌雄

4音　**賤鳥《しずどり》**

6音　**橘鳥《たちばなどり》**

沓手鳥　くつてどり　三夏　⇨時鳥

田長鳥　たおさどり　たをさどり　三夏　⇨時鳥

妹背鳥　いもせどり　三夏　⇨時鳥

卯月鳥　うづきどり　三夏　⇨時鳥

閑古鳥　かんこどり　三夏　⇩郭公《かっこう》（72頁）

木葉木菟　このはずく　このはづく　三夏

フクロウ科で「ブッポーソー」と鳴く。体長約二〇センチ。灰色に細かい褐色の斑《ふ》が入る。斑紋が赤褐色のものを柿木菟《かきずく》と呼ぶ。

4音 **柿木菟《かきずく》**

蚊吸鳥　かすいどり　かすひどり　三夏　⇩夜鷹《よたか》（35頁）

練雲雀　ねりひばり　晩夏

夏雲雀　なつひばり　晩夏　⇨練雲雀

夏羽への換毛の終わった雲雀。

青葉木菟　あおばずく　あをばづく　三夏

フクロウ科。背は黒褐色、腹は白地に褐色の斑《ふ》。

燕の子　つばめのこ　三夏

4音 **子燕《こつばめ》**

親燕　おやつばめ　三夏　⇨燕の子

鴉の子／烏の子　からすのこ　三夏

4音 **子鴉《こがらす》**

親烏　おやがらす　三夏　⇨鴉の子

行々子　ぎょうぎょうし　ぎやうぎやうし　三夏　⇩葭切《よしきり》（72頁）

葭雀　よしすずめ　三夏　⇩葭切（同右）

蘆雀　あしすずめ　三夏　⇩葭切（同右）

麦熟らし　むぎうらし　三夏　⇩葭切（同右）

誰首鶏　ばんしゅけい　三夏　⇩鷭《ばん》（13頁）

通し鴨　とおしがも　とほしがも　三夏

春に北方に帰らずにいる鴨。

夏の鴨　なつのかも　三夏　⇩夏鴨（73頁）

鴨涼し　かもすずし　三夏　⇩夏鴨（同右）

鴨の雛　かものひな　三夏　⇩鴨の子（73頁）

姫水鶏　ひめくいな　ひめくひな　三夏　⇩水鶏《くいな》（35頁）

水鶏笛　くいなぶえ　くひなぶえ　三夏　⇩水鶏（同右）

星鴉　ほしがらす　三夏

全体に黒褐色。頭や背の白い斑《ふ》からこの名。

岳鴉　たけがらす　三夏　⇨星鴉

鮫鶲　さめびたき　三夏
ヒタキ科の小鳥。体の上は暗褐色、下が淡褐色。

瑠璃鶲　るりびたき　三夏
ヒタキ科の小鳥。脇が橙黄色で。雄は背が青、雌は背が緑褐色や橙黄色、腰から尾にかけて青い。

夏燕　なつつばめ　三夏

雨燕　あまつばめ　三夏
全体に黒、黒褐色。尾の付け根あたりが黒い。翼が燕より長い。高地や海岸の断崖などに生息。

虎鶫　とらつぐみ　三夏
黄褐色の体全体に入った黒い鱗状の斑点が虎斑《とらふ》に似るのでこの名。

2音　鵺《ぬえ》

鵺鶫　ぬえつぐみ　三夏　⇨虎鶫

黒鶫　くろつぐみ　三夏
鶫よりもやや小さく、雄は全身が黒く、腹は白地に黒の斑点、嘴と目の周りが黄色。雌は全身が褐色で、胸から脇腹に白地に黒の斑点、腹が白い。

豆回し　まめまわし　まめまはし　三夏　⇩桑鳲《いかる》（35頁）

青鵐　あおしとど　あをしとど　三夏　⇩蒿雀《あおじ》（36頁）

目白籠　めじろかご　三夏　⇩目白（36頁）

目白捕　めじろとり　三夏　⇩目白（同右）

五十雀　ごじゅうから　ごじふから　三夏
全長一三センチほどの留鳥。頭と背が灰青色、目の高さに黒い帯模様。

四十雀　しじゅうから　しじふから　三夏
全長一五センチほど。背は青灰色、頭と腹は白、頬は白。喉から腹の中央に黒い幅広の帯。

鍋かぶり　なべかぶり　三夏　⇩小雀《こがら》（36頁）
小雀の別名。頭が黒いことから。

岩鷚／岩雲雀　いわひばり　いはひばり　三夏
スズメ目イワヒバリ科の留鳥。全体に灰色で喉に白い斑《ふ》が入り、腹は赤褐色、翼は黒褐色で先端が白。

岳雀　だけすずめ　三夏　⇨岩鷚

茅潜　かやくぐり　三夏

イワヒバリ科の留鳥。頭が暗褐色、背は赤褐色に暗褐色の縦縞が入る。

やぶもぐり　三夏　⇨茅潜

大地鴫　おおじしぎ　おほぢしぎ　三夏

シギ科の鳥。繁殖期に高空から「ゴゴゴ」と羽音を立てて急降下することから雷鴫《かみなりしぎ》とも呼ばれる。冬は南方に渡る。

6音　**雷鴫**《かみなりしぎ》

斑鯉　まだらごい　まだらごひ　三夏　⇩緋鯉《ひごい》（36頁）

錦鯉　にしきごい　にしきごひ　三夏　⇩緋鯉（同右）

堅田鮒　かただぶな　三夏　⇩源五郎鮒《げんごろうぶな》（181頁）

濁り鮒　にごりぶな　仲夏

増水して濁った川を遡って産卵する鮒。

梅雨鯰　つゆなまず　つゆなまづ　仲夏　⇩鯰《なまず》（36頁）

例　濡れ衣を脱ぐ間もあらず梅雨鯰　佐山哲郎

ごみ鯰　ごみなまず　ごみなまづ　仲夏　⇩鯰（同右）

鮎生簀　あゆいけす　三夏　⇩鮎（13頁）

岩魚釣　いわなつり　いはなつり　三夏　⇩岩魚《いわな》（36頁）

山女釣　やまめつり　三夏　⇩山女《やまめ》（37頁）

獅子頭　ししがしら　三夏　⇩金魚（37頁）

錦蘭子　きんらんし　三夏　⇩金魚（同右）

熱帯魚　ねったいぎょ　三夏

例　自動ドアひらくたび散る熱帯魚　岡田由季

3音　**鬪魚**《とうぎょ》

天使魚　てんしうお　てんしうを　三夏　⇨熱帯魚

白目高　しろめだか　三夏　⇩目高（37頁）

夏魚／夏肴　なつざかな　三夏

初鰹／初松魚　はつがつお　はつがつを　初夏

餅鰹　もちがつお　もちがつを　初夏　⇨初鰹

えぼし魚　えぼしうお　えぼしうを　三夏　⇩鰹（37頁）

鰹時　かつおどき　かつをどき　三夏　⇩鰹（同右）

つばめ魚　つばめうお　つばめうを　三夏　⇩飛魚《とびうお》（76頁）

舌鮃　したびらめ　三夏

4音　**いしわり**

7音　**赤舌鮃《あかしたびらめ》**

牛の舌　うしのした　三夏　⇨舌鮃

鬼虎魚　おにおこぜ　おにをこぜ　三夏　⇩虎魚《おこぜ》（38頁）

祭鱧　まつりはも　三夏　⇩鱧《はも》（14頁）

うみうなぎ　三夏　⇩穴子（38頁）

銀穴子　ぎんあなご　三夏　⇩穴子（同右）

穴子釣　あなごつり　三夏　⇩穴子（同右）

鰻掻　うなぎかき　三夏　⇩鰻（38頁）

鰻筒　うなぎづつ　三夏　⇩鰻（同右）

するめ烏賊　するめいか　三夏　⇩烏賊《いか》（14頁）

烏賊の墨　いかのすみ　三夏　⇩烏賊（同右）

烏賊の甲　いかのこう　いかのかふ　三夏　⇩烏賊（同右）

鮑海女　あわびあま　あはびあま　三夏　⇩鮑《あわび》（38頁）

鮑取　あわびとり　あはびとり　三夏　⇩鮑（同右）

帆立貝　ほたてがい　ほたてがひ　三夏

手長蝦　てながえび　三夏

温暖な淡水または汽水域に棲む。

4音　**草蝦《くさえび》**　**たなかせ**　**川蝦《かわえび》**

6音　**杖突蝦《つえつきえび》**

蟹の穴　かにのあな　三夏　⇩蟹（14頁）

わたり蟹　わたりがに　三夏　⇩蝤蛑《がざみ》（38頁）

水海月　みずくらげ　みづくらげ　三夏　⇩海月《くらげ》（39頁）

夏の蝶　なつのちょう　なつのてふ　三夏

4音　**夏蝶《なつちょう》**

6音　**浅黄斑《あさぎまだら》**　**おほむらさき**

梅雨の蝶　つゆのちょう　つゆのてふ　三夏　⇨夏の蝶

挵蝶　せせりちょう　せせりてふ　三夏　⇨夏の蝶

斑蝶　まだらちょう　まだらてふ　三夏　⇨夏の蝶

蛇目蝶　じゃのめちょう　じやのめてふ　三夏　⇨夏の蝶

揚羽蝶／鳳蝶　あげはちょう　あげはてふ　三夏

例　うつうつと最高を行く揚羽蝶　永田耕衣

3音　**揚羽《あげは》**

6音　**烏揚羽《からすあげは》**　**帝揚羽《みかどあげは》**

7音　**青筋揚羽《あおすじあげは》／青条揚羽《あおすじあげは》**

黒揚羽　くろあげは　三夏　⇨揚羽蝶

例　黒揚羽ゆき過ぎしかば鏡騒《かがみざい》　八田木枯

烏蝶　からすちょう　からすてふ　三夏　⇨揚羽蝶

木の葉蝶　このはちょう　このはてふ　三夏

繭の蝶　まゆのちょう　まゆのてふ　仲夏　⇩蚕蛾《さんが》（39頁）

蚕の蛾　かいこのが　かひこのが　仲夏　⇩蚕蛾（同右）

夏の虫　なつのむし　三夏　⇩夏虫（78頁）

火取虫／灯取虫　ひとりむし　三夏

灯火に集まってくる蛾や金亀子《こがねむし》など。

例　酌婦来る灯取虫より汚きが　高浜虚子

3音　**灯虫《ひむし》／火虫《ひむし》**

火入虫　ひいりむし　三夏　⇨火取虫

山蚕　やまがいこ　やまがひこ　晩夏　⇩天蚕《やままゆ》（78頁）

山蚕蛾　やままゆが　晩夏　⇩天蚕（同右）

てぐすむし　晩夏　⇩樟蚕《くすさん》（78頁）

栗毛虫　くりげむし　晩夏　⇩樟蚕（同右）

樟蚕の幼虫。

内雀　うちすずめ　晩夏

スズメガ科の蛾。幼虫は柳の葉を食べる。

4音　**天蛾《すずめが》**

毛虫焼く　けむしやく　三夏　⇩毛虫（39頁）

毛虫這ふ　けむしはう　けむしはふ　三夏　⇩毛虫（同右）

土壜割　どびんわり　三夏　⇩尺蠖《しゃくとり》（78頁）

夜盗虫　よとうむし　よたうむし　三夏

夜盗蛾《よとうが》の幼虫。毛はなく芋虫より小さい。

葉捲虫　はまきむし　三夏

葉を巻いてその中に棲む蛾など幼虫。

7音 **茶《ちゃ》の葉《は》捲虫《まきむし》**

くさぎ虫　くさぎむし　三夏　⇩常山木虫《くさぎのむし》（164頁）

根切虫　ねきりむし　三夏

蕪夜蛾《かぶらやが》の幼虫。

初蛍　はつぼたる　仲夏　⇩蛍（39頁）

夕蛍　ゆうぼたる　ゆふぼたる　仲夏　⇩蛍（同右）

宵蛍　よいぼたる　よひぼたる　仲夏　⇩蛍（同右）

姫蛍　ひめぼたる　仲夏　⇩蛍（同右）

草蛍　くさぼたる　仲夏　⇩蛍（同右）

兜虫／甲虫　かぶとむし　三夏

例　ひつぱれる糸まつすぐや甲虫　高野素十

4音 **鬼虫《おにむし》**

6音 **皀莢虫《さいかちむし》**

源氏虫　げんじむし　三夏　⇨兜虫

金亀子／金亀虫／黄金虫　こがねむし　三夏

例　金亀子擲《なげう》つ闇の深さかな　高浜虚子

4音 **かなぶん　ぶんぶん**

花潜　はなむぐり　三夏

コガネムシ科の甲虫。花の蜜や花粉などを食べる。

てんとむし　三夏　⇩天道虫《てんとうむし》（164頁）

例　老人の息のちかくに天道蟲　今井杏太郎

瓢虫　ひさごむし　三夏　⇩天道虫（同右）

瓜葉虫　うりはむし　三夏　⇩瓜蠅《うりばえ》（79頁）

道をしへ　みちおしえ　みちをしへ　三夏　⇩斑猫《はんみょう》（79頁）

斑猫の別名。人が近づくと飛び、人を待つようにとどまり、近づくとまた飛ぶ習性から。

落し文　おとしぶみ　三夏

オトシブミ科の甲虫の総称。葉を巻いて巣にし産卵する。その筒状の巣が地面に落ちているのを文《ふみ》（書簡）に見立てた。

10音 鶯《うぐいす》の落《おと》し文《ぶみ》
11音 時鳥《ほととぎす》の落《おと》し文《ぶみ》

源五郎　げんごろう　げんごらう　三夏
水生の甲虫。体長約四センチで黒く光沢がある。
7音 **源五郎虫《げんごろうむし》**

水澄　みずすまし　みづすまし　三夏　⇩鼓虫《まいまい》（79頁）

水馬　あめんぼう　三夏　⇩水馬《あめんぼ》（80頁）

水澄　みずすまし　みづすまし　三夏　⇩水馬（同右）
「あめんぼ」の関西での呼び名。

河童虫　かっぱむし　三夏　⇩田亀《たがめ》（46頁）

小水虫　こみずむし　こみづむし　三夏　⇩風船虫《ふうせんむし》（164頁）

松藻虫　まつもむし　三夏
体長約一二ミリの水生昆虫。灰黄色に黒色の斑点。

子負虫　こおいむし　こおひむし　三夏
体長約二センチの水生昆虫。雌が雄の背に卵を産みつけ、孵化後もそのままなのでこの名。

蟬生る　せみうまる　仲夏

蟬の穴　せみのあな　仲夏　⇨蟬生る《せみうまる》
例 蟬の穴覗く故郷を見尽くして　中村苑子

蟬時雨　せみしぐれ　晩夏　⇩蟬（15頁）

油蟬　あぶらぜみ　晩夏　⇩蟬（同右）

深山蟬　みやまぜみ　晩夏　⇩蟬（同右）

蟬の殻　せみのから　晩夏　⇩空蟬《うつせみ》（80頁）

太鼓虫　たいこむし　仲夏　⇩やご（15頁）

蜻蛉の子　とんぼのこ　仲夏　⇩やご（同右）

糸蜻蛉　いととんぼ　三夏
4音 **とうすみ　とうしみ**
7音 **灯心蜻蛉《とうしんとんぼ》　とうすみ蜻蛉《とんぼ》　とうしみ蜻蛉《とんぼ》**

川蜻蛉　かわとんぼ　かはとんぼ　三夏
4音 **おはぐろ**
7音 **鉄漿蜻蛉《おはぐろとんぼ》　かねつけ蜻蛉《とんぼ》**

夏茜蜻蛉　なつあかね　晩夏

赤蜻蛉《あかとんぼ》（三秋）は七月から一〇月まで見られ、そのうち晩夏に見られるものをいう。

子蟷螂 こかまきり 仲夏 ⇩蟷螂生《とうろううま》る（182頁）

蠅の声 はえのこえ はへのこゑ 三夏 ⇩蠅（15頁）

赤家蚊 あかいえか あかいへか 三夏 ⇩蚊（8頁）

蚊の唸り かのうなり 三夏 ⇩蚊（同右）

蟻地獄 ありじごく ありぢごく 三夏

薄翅《うすば》蜉蝣《かげろう》（182頁）の幼虫。擂鉢《すりばち》状の穴を作り、落ちてきた小さな虫を捕食する。

例 雨だれの向うは雨や蟻地獄 岸本尚毅

6音 **あとさり虫《むし》** **擂鉢虫《すりばちむし》**

あとずさり 三夏 ⇨蟻地獄

油虫 あぶらむし 三夏 ⇩ごきぶり（82頁）

例 売文や夜出て髭のあぶらむし 秋元不死男

御器齧 ごきかぶり 三夏 ⇩ごきぶり（同右）

鋏虫／挟虫 はさみむし 三夏

体長約二センチで黒褐色。翅がなく尾の端に鋏がある。

しりはさみ 三夏 ⇨鋏虫

半風子 はんぷうし 三夏 ⇩虱《しらみ》（40頁）

床虱 とこじらみ 三夏 ⇩南京虫《なんきんむし》（165頁）

雲母虫 きららむし 晩夏 ⇩紙魚《しみ》（16頁）

女王蟻 じょおうあり ぢよわうあり 三夏 ⇩蟻（16頁）

蟻の道 ありのみち 三夏 ⇩蟻（同右）

蟻の列 ありのれつ 三夏 ⇩蟻（同右）

蟻の塔 ありのとう ありのたふ 三夏 ⇩蟻（同右）

蟻の国 ありのくに 三夏 ⇩蟻（同右）

油虫 あぶらむし 三夏 ⇩蚜虫《ありまき》（82頁）

蜘蛛の糸 くものいと 三夏 ⇩蜘蛛（16頁）

例 くもの糸一すぢよぎる百合の前 高野素十

蜘蛛の網 くものあみ 三夏 ⇩蜘蛛（同右）

女郎蜘蛛 じょろうぐも ぢよらうぐも 三夏 ⇩蜘蛛（同右）

円座虫 えんざむし ゑんざむし 三夏 ⇩馬陸《やすで》（40頁）

赤蜈蚣　あかむかで　三夏　⇩蜈蚣《むかで》（40頁）

なめくぢり　三夏　⇩蛞蝓《なめくじ》（83頁）

なめくぢら　三夏　⇩蛞蝓（同右）

蝸牛　かたつむり　三夏

例　かたつむりつるめば肉の食い入るや　永田耕衣

例　かたつむり甲斐も信濃も雨のなか　飯田龍太

3音　**蝸牛《かぎゅう》**

4音　**ででむし　まひまひ**

6音　**でんでんむし**

かたつぶり　三夏　⇨蝸牛

血吸蛭　ちすいびる　ちすひびる　三夏　⇩蛭《ひる》（16頁）

縞蚯蚓　しまみみず　三夏　⇩蚯蚓《みみず》（41頁）

蚯蚓出づ　みみずいづ　三夏　⇩蚯蚓（同右）

糸蚯蚓　いとみみず　三夏

3音　**赤子《あかご》**

夜光虫　やこうちゅう　やくわうちう　三夏

例　夜光虫古鏡の如く漂へる　杉田久女

2音　**ひき　しき**

5音　植物

夏桜　なつざくら　初夏　⇩余花《よか》（17頁）

花は葉に　はなははに　初夏　⇩葉桜（83頁）

桜の実　さくらのみ　仲夏

桜が散ったあとにつける小さな青または黒い実。さくらんぼ（137頁）は西洋実桜の実で、別物。

7音　**桜実《さくらみ》となる**

花茨　はないばら　初夏　⇩茨《いばら》の花（166頁）

花うばら　はなうばら　初夏　⇩茨の花（同右）

利休梅　りきゅうばい　りきうばい　初夏

バラ科の落葉低木。花は白く五弁。

蔓手毬／藤繡花　つるでまり　晩夏

ユキノシタ科の蔓性落葉樹。花は白く、紫陽花《あじさい》に似る。

6音 **蔓紫陽花《つるあじさい》**

後藤蔓 ごとうづる 晩夏 ⇨蔓手毬

深見草 ふかみぐさ 初夏 ⇩牡丹《ぼたん》（41頁）

富貴草 ふうきそう ふうきさう 初夏 ⇩牡丹（同右）

白牡丹 はくぼたん 初夏 ⇩牡丹（同右）

例 白牡丹といふといへども紅《こう》ほのか 高浜虚子

牡丹園 ぼたんえん ぼたんゑん 初夏 ⇩牡丹（同右）

七変化 しちへんげ 仲夏 ⇩紫陽花《あじさい》（83頁）

刺繡花 ししゅうばな ししうばな 仲夏 ⇩紫陽花（同右）

額の花 がくのはな 仲夏

6音 **額紫陽花《がくあじさい》**

常世花 とこよばな 仲夏 ⇩橘《たちばな》の花（182頁）

百日紅 さるすべり 仲夏

2音 **紫薇《しび》**

6音 **百日紅《ひゃくじつこう》 百日白《ひゃくじつはく》 くすぐりの木《き》**

7音 **白《しろ》さるすべり**

白丁花 はくちょうげ はくちやうげ 初夏

アカネ科の常緑低木。花は漏斗状で白、淡紫色で、花弁の先が五裂する。

6音 **満天星《まんてんせい》**

満天星 ばんていし 初夏 ⇨白丁花

金糸桃 きんしとう きんしたう 仲夏 ⇩未央柳《びようやなぎ》（166頁）

美女柳 びじょやなぎ びぢよやなぎ 仲夏 ⇩未央柳（同右）

繡毬花／手毬花／粉団花 てまりばな 初夏

スイカズラ科の落葉低木。白い小花が球状に密生する。

おほでまり おおでまり 初夏 ⇨繡毬花

橡の花／栃の花 とちのはな 初夏

ムクロジ科の落葉高木。白や淡紅色の小花が円錐状につく。

7音 **橡《とち》の木《き》の花《はな》**

土用藤 どようふじ どようふぢ 晩夏 ⇩夏藤（84頁）

仏桑花 ぶっそうげ ぶつさうげ 晩夏

4音 **扶桑花《ふそうか》**

6音 **ハイビスカス**

7音 **琉球木槿《りゅうきゅうむくげ》**

菩薩花　ぼさつばな　晩夏　⇨仏桑花

時計草　とけいそう　とけいさう　三夏

蔓性の常緑多年草。花が時計に似ているのでこの名。

6音 **ぼろんかづら**

金糸梅　きんしばい　三夏

オトギリソウ科の小低木。黄色く丸い五弁花。

花柑子　はなこうじ　はなかうじ　初夏　⇩柑子《こうじ》の花（167頁）

花蜜柑　はなみかん　初夏　⇩蜜柑《みかん》の花（167頁）

柚子の花　ゆずのはな　初夏

柚子（晩秋）は五月頃、白い小さな五弁花が咲く。

3音 **花柚《はなゆ》**

4音 **花柚子《はなゆず》　柚《ゆ》の花《はな》**

花朱欒　はなざぼん　初夏　⇩朱欒《ざぼん》の花（167頁）

栗の花　くりのはな　仲夏

黄白色の穂状の雄花の根元に雌花がある。受粉が終わると雄花は褐色に変わっていく。独特の匂いがある。

4音 **花栗《はなぐり》　栗咲《くりさ》く**

柿の花　かきのはな　仲夏

花は淡黄色または白色で壺型の四弁。集まって咲く。

柿の蔕　かきのとう　かきのたう　仲夏　⇨柿の花

花石榴　はなざくろ　仲夏　⇩石榴《ざくろ》の花（167頁）

姫石榴　ひめざくろ　仲夏　⇩石榴の花（同右）

柿若葉　かきわかば　初夏

例　富める家の光る瓦や柿若葉　高浜虚子

青胡桃　あおくるみ　あをくるみ　晩夏

実ってすぐの胡桃。

青葡萄　あおぶどう　あをぶだう　晩夏

熟しきる前の葡萄。

青林檎　あおりんご　あをりんご　晩夏

林檎（晩秋）のうち七月に出回る早生《わせ》種。

早生林檎　わせりんご　晩夏　⇨青林檎

さくらんぼ　仲夏

例　茎右往左往菓子器のさくらんぼ　高浜虚子

4音　**桜桃《おうとう》**

6音　**さくらんぼう**

山桜桃の実　ゆすらのみ　仲夏

バラ科の落葉低木。実の外観はさくらんぼに似る。

山桜桃／英桃　ゆすらうめ　仲夏　⇨山桜桃の実

牡丹杏　ぼたんきょう　ぼたんきやう　仲夏　⇩李《すもも》（42頁）

杏の実　あんずのみ　仲夏　⇩杏《あんず》（42頁）

巴旦杏　はたんきょう　はたんきやう　仲夏

李《すもも》の一品種。先がやや尖った球形の実は、熟すと紅紫色または深緑色。

6音　**とがりすもも**

須具利の実／酸塊の実　すぐりのみ　初夏

スグリ科スグリ属の総称。グーズベリー、カシスなども含まれる。実は透明感があり、色は赤や黒など様々。

夏蜜柑　なつみかん　初夏

実の大きな柑橘類。晩春の季語とされることも多い。

例　墓石に映つてゐるは夏蜜柑　岸本尚毅

4音　**甘夏《あまなつ》　夏柑《なつかん》**

夏木立　なつこだち　三夏

例　しだり尾もさみしかりけり夏木立　ＡＩ一茶くん

3音　**夏木《なつき》**

夏木蔭　なつこかげ　三夏　⇨夏木立

若葉時　わかばどき　初夏　⇩若葉（42頁）

若葉寒　わかばざむ　初夏　⇩若葉（同右）

若葉冷　わかばひえ　初夏　⇩若葉（同右）

若葉風　わかばかぜ　初夏　⇩若葉（同右）

若葉雨　わかばあめ　初夏　⇩若葉（同右）

若葉山　わかばやま　初夏　⇩若葉（同右）

青葉山　あおばやま　あをばやま　三夏　⇩青葉（42頁）

青葉闇　あおばやみ　あをばやみ　三夏　⇩青葉（同右）

青時雨　あおしぐれ　あをしぐれ　三夏　⇩青葉（同右）

青葉風　あおばかぜ　あをばかぜ　三夏　⇩青葉（同右）

緑さす　みどりさす　初夏　⇩新緑（85頁）

木下闇　こしたやみ　三夏

例　椅子朽ちて我を迎ふる木下闇　岸本尚毅

3音　**木《こ》暮《ぐれ》**

4音　**下闇《したやみ》　木《こ》の晩《くれ》**

6音　**木《こ》の下闇《したやみ》**

椎若葉　しいわかば　しひわかば　初夏

椎はブナ科の常緑高木の総称。その若葉。

樫若葉　かしわかば　初夏

樫はブナ科のうちコナラ属その他の総称。その若葉。

樫茂る　かししげる　初夏　⇨樫若葉

樟若葉／楠若葉　くすわかば　初夏

樟はクスノキ科の常緑高木。その若葉。

若楓　わかかえで　わかかへで　初夏

秋の紅葉で知られる楓の緑色の若葉。

6音　**楓若葉《かえでわかば》**

7音　**若葉《わかば》の楓《かえで》**

青楓　あおかえで　あをかへで　初夏　⇨若楓

土用の芽　どようのめ　晩夏　⇩土《ど》用《よう》芽《め》（86頁）

夏落葉　なつおちば　初夏　⇩常盤木《ときわぎ》落葉《おちば》（184頁）

柏散る　かしわちる　かしはちる　初夏　⇩柏落葉《かしわおちば》（168頁）

松落葉　まつおちば　初夏

春に新芽を出した松は初夏の頃に葉を落とす。

散松葉　ちりまつば　初夏　⇨松落葉

松葉散る　まつばちる　初夏　⇨松落葉

花空木／花卯木　はなうつぎ　初夏　⇩卯《う》の花（86頁）

姫空木　ひめうつぎ　初夏　⇩卯の花（同右）

山空木　やまうつぎ　初夏　⇩卯の花（同右）

桐の花　きりのはな　初夏
箪笥材で知られる桐の花期は五月から六月。淡紫色の筒状の花が円錐状につく。
4音 **花桐《はなぎり》**

花胡桃　はなくるみ　初夏　⇩胡桃《くるみ》の花（168頁）

朴の花　ほおのはな　ほほのはな　初夏
花径二〇センチ近い黄白色の花が上向きに咲く。

花槐　はなえんじゅ　はなゑんじゅ　晩夏　⇩槐《えんじゅ》の花（168頁）

棕櫚の花　しゅろのはな　初夏
ヤシ科の常緑高木。黄色の小花が多数穂状に垂れる。
4音 **花棕櫚《はなしゅろ》**

金銀花　きんぎんか　きんぎんくわ　初夏　⇩忍冬《すいかずら》の花（191頁）

桷の花　ずみのはな　初夏
バラ科の落葉小高木。白く小さな五弁花を咲かせる。
6音 **小梨《こなし》の花《はな》**
7音 **小林檎《こりんご》の花《はな》**
9音 **姫海棠《ひめかいどう》の花《はな》**
10音 **三葉《みつば》海棠《かいどう》の花《はな》**

花樗　はなおうち　はなあふち　初夏　⇩楝《おうち》の花（168頁）

雲見草　くもみぐさ　初夏　⇩楝の花（同右）

黐の花／冬青の花　もちのはな　初夏
モチノキ科の常緑高木。五月頃、淡黄色の小さな四弁花をつける。鼠黐《ねずみもち》はモクセイ科で別種。
6音 **黒鉄黐《くろがねもち》**

椎の花　しいのはな　しひのはな　仲夏
ブナ科の常緑高木。淡黄色の花を穂状につける。
4音 **花椎《はなしい》**

花漆　はなうるし　仲夏　⇩漆《うるし》の花（168頁）

えごの花　えごのはな　仲夏
エゴノキ科の落葉小高木。白い花を房状に咲かせる。
7音 **山苣《やまぢさ》の花《はな》**

合歓の花　ねむのはな　晩夏

マメ科の落葉小高木。淡紅色の花が多数集まって夕方に咲き、翌日にはしぼむ。

4音　**花合歓《はなねむ》**

7音　**ねむり木《ぎ》の花《はな》**　**絨花樹《じゅうかじゅ》の花《はな》**

ねぶの花　ねぶのはな　晩夏　⇨合歓の花

沙羅の花／桫羅の花　しゃらのはな　晩夏

ツバキ科の落葉高木。花径五センチほどにもなる白い五弁花。平家物語の冒頭にある沙羅双樹は別物。

7音　**姫沙羅《ひめしゃら》の花《はな》**

夏椿　なつつばき　晩夏　⇨沙羅の花

花蘇鉄　はなそてつ　晩夏　⇩蘇鉄《そてつ》の花（168頁）

花さびた　はなさびた　晩夏　⇩さびたの花（169頁）

ちんぐるま　晩夏

バラ科の落葉小低木。花径約三センチの花が一つ咲く。花弁は白く蕊が鮮やかな黄色。

ハスカップ　三夏　⇩黒実《くろみ》の鶯神楽《うぐいすかぐら》の実（198頁）

夏柳　なつやなぎ　三夏　⇩葉柳（86頁）

例　何屋とも知れざる家や夏柳　岸本尚毅

桑苺　くわいちご　くはいちご　仲夏　⇩桑の実（86頁）

海紅豆　かいこうず　かいこうづ　三夏　⇩梯梧《でいご》の花（169頁）

竹落葉　たけおちば　初夏

竹は初夏に新しい葉が出ると古い葉が落ちる。

4音　**笹散《ささち》る**

6音　**竹《たけ》の落葉《おちば》**　**竹《たけ》の葉散《はち》る**

竹の皮　たけのかわ　たけのかは　初夏　⇩竹の皮脱ぐ（185頁）

例　竹の皮外れかかりて宙に反り　岸本尚毅

竹の花　たけのはな　仲夏

竹が花を咲かせるのは一二〇年に一度ともいわれる。

4音　**竹咲《たけさ》く**

今年竹　ことしだけ　仲夏　⇩若竹《わかたけ》（87頁）

ラベンダー　三夏

シソ科の常緑小低木。香料として知られる。種類が豊富で花色も赤、紫、白など様々。

燕子花／杜若　かきつばた　仲夏
アヤメ科の多年草。湿地に群生し、観賞用にも栽培。

貌佳花　かおよばな　かほよばな　仲夏　⇨燕子花

花渓蓀　はなあやめ　初夏　⇩渓蓀《あやめ》（43頁）

白渓蓀　しろあやめ　初夏　⇩渓蓀（同右）

花菖蒲　はなしょうぶ　はなしやうぶ　仲夏
アヤメ科の多年草。野生種（野花菖蒲）の栽培変種。
例　てぬぐひの如く大きく花菖蒲　岸本尚毅
4音　**菖蒲見《しょうぶみ》**　**菖蒲田《しょうぶだ》**
6音　**野《の》花菖蒲《はなしょうぶ》**

菖蒲園　しょうぶえん　しやうぶゑん　仲夏　⇨花菖蒲
例　きれぎれの風の吹くなり菖蒲園　波多野爽波

菖蒲池　しょうぶいけ　しやうぶいけ　仲夏　⇨花菖蒲

水菖蒲　みずしょうぶ　みづしやうぶ　仲夏　⇩菖蒲《しょうぶ》（43頁）

あやめぐさ　仲夏　⇩菖蒲（同右）

唐菖蒲　とうしょうぶ　たうしやうぶ　晩夏　⇩グラジオラス（169頁）

こやすぐさ　仲夏　⇩鳶尾草《いちはつ》（87頁）

貌佳草　かおよぐさ　かほよぐさ　初夏　⇩芍薬《しゃくやく》（87頁）

花ユッカ　晩夏　⇩ユッカの花（169頁）

花葵　はなあおい　はなあふひ　仲夏　⇩葵《あおい》（43頁）

銭葵　ぜにあおい　ぜにあふひ　仲夏　⇩葵（同右）

蜀葵　からあおい　からあふひ　仲夏　⇩葵（同右）

立葵　たちあおい　たちあふひ　仲夏　⇩葵（同右）

蔓葵　つるあおい　つるあふひ　仲夏　⇩葵（同右）

白葵　しろあおい　しろあふひ　仲夏　⇩葵（同右）

黄蜀葵　おうしょっき　わうしよくき　晩夏
アオイ科の一年草。花は一〇センチ以上と大きく五弁、白に近い淡黄色で横向きに開く。朝に咲いて夜には散る。
6音　**とろろあふひ**

花おくら　はなおくら　晩夏　⇨黄蜀葵

紅蜀葵　こうしょっき　こうしよくき　晩夏

アオイ科の多年草。大きな緋色の五弁花を咲かせる。

6音 **もみぢあふひ**

ゼラニューム　三夏

フウロソウ科の多年草。園芸種。花径約二センチの五弁花で、色は赤、白など様々。

7音 **天竺葵**《てんじくあおい》

布袋草　ほていそう　ほていさう　晩夏　⇩布袋葵《ほていあおい》（170頁）

罌粟の花／芥子の花　けしのはな　初夏

ケシ科の越年草。花径約一〇センチの四弁花。色は様々。

2音 **罌粟**《けし》**／芥子**《けし》

4音 **花罌粟**《はなげし》　**白芥子**《しろげし》

薊罌粟　あざみげし　初夏　⇨罌粟の花

罌粟畑／芥子畑　けしばたけ　初夏　⇨罌粟の花

美人草　びじんそう　びじんさう　三夏　⇩雛罌粟《ひなげし》（88頁）

麗春花　れいしゅんか　れいしゆんくわ　三夏　⇩雛罌粟（同右）

罌粟坊主／芥子坊主　けしぼうず　けしばうず　晩夏

罌粟《けし》の花が散ったあとの実。球形で緑から白に変わる。薬味や食材、また種類によってアヘンの原料。

4音 **罌粟**《けし》**の実**《み》

夏の菊　なつのきく　晩夏　⇩夏菊（88頁）

薩摩菊　さつまぎく　晩夏　⇩蝦夷菊《えぞぎく》（88頁）

除虫菊　じょちゅうぎく　ぢよちうぎく　仲夏

キク科の多年草。白または赤の小花が咲く。蚊取線香の原料になる。

万寿菊　まんじゅぎく　晩夏　⇩マリーゴールド（185頁）

千寿菊　せんじゅぎく　晩夏　⇩マリーゴールド（同右）

石の竹　いしのたけ　仲夏　⇩石竹《せきちく》（88頁）

小町草　こまちそう　こまちさう　仲夏　⇩虫取撫子《むしとりなでしこ》（191頁）

フロックス　初夏

ハナシノブ科の園芸種。五弁花で色は様々。

7音 **桔梗撫子《ききょうなでしこ》**

ストケシア　仲夏
キク科の多年草。花は花径六〜一〇センチで青紫色。

4音 **瑠璃菊《るりぎく》**

百合の花　ゆりのはな　仲夏　⇩百合（17頁）
車百合　くるまゆり　仲夏　⇩百合（同右）
鹿の子百合　かのこゆり　仲夏　⇩百合（同右）
透百合　すかしゆり　仲夏　⇩百合（同右）
含羞草／知羞草　おじぎそう　おじぎさう　晩夏
マメ科の多年草（日本では一年草）。葉に触れると閉じて下を向くことからこの名。薄桃色の花が球状に咲く。
眠草　ねむりぐさ　晩夏　⇨含羞草
ジギタリス　三夏
オオバコ科。長い鐘状の花が下向きに咲く。西洋の伝説にたびたび登場する。有毒で強心剤などの原料。

8音 **狐《きつね》の手袋《てぶくろ》**

アマリリス　仲夏
ヒガンバナ科の園芸種。大きな六弁花で色は様々。
そのひぐさ　三夏　⇩日日草《にちにちそう》（170頁）
日日花　にちにちか　にちにちくわ　三夏　⇩日日草（同右）
鉄線花　てっせんか　てつせんくわ　初夏　⇩鉄線《てっせん》の花（186頁）
クレマチス　初夏　⇩鉄線の花（同右）
紅の花　べにのはな　仲夏　⇩紅花《べにばな》（89頁）
呉の母　くれのおも　仲夏　⇩茴香《ういきょう》の花（186頁）
茴香子　ういきょうし　ういきやうし　仲夏　⇩茴香の花（同右）
魂香花　こんこうか　こんかうくわ　仲夏　⇩茴香の花（同右）
青芭蕉　あおばしょう　あをばせう　初夏　⇩玉巻《たまま》く芭蕉《ばしょう》（186頁）
夏芭蕉　なつばしょう　なつばせう　初夏　⇩玉巻く芭蕉（同右）
花芭蕉　はなばしょう　はなばせう　晩夏　⇩芭蕉の花（171頁）
苺狩　いちごがり　初夏　⇩苺（43頁）
苺摘　いちごつみ　初夏　⇩苺（同右）
草苺　くさいちご　初夏

早生苺　わせいちご　初夏　⇨草苺

鍋苺　なべいちご　初夏　⇨草苺

藪苺　やぶいちご　初夏　⇨草苺

蛇苺　へびいちご　初夏

7音　**くちなはいちご**

瓜の花　うりのはな　初夏

黄色または白色の五弁花。

花南瓜　はなかぼちゃ　仲夏　⇩南瓜《かぼちゃ》の花（171頁）

花瓢　はなひさご　晩夏　⇩瓢《ひさご》の花（171頁）

茄子の花　なすのはな　三夏

薄紫色の花弁が下向きに咲く。花の中心は黄色。

6音　**茄子《なすび》の花《はな》**

胡麻の花　ごまのはな　晩夏

胡麻（仲秋）の花は白に近い薄紫色の五裂花。

独活の花　うどのはな　晩夏

独活（晩春）はウコギ科の多年草。花径約三ミリの白い花を多数咲かせる。

花山葵　はなわさび　初夏　⇩山葵《わさび》の花（171頁）

韮の花　にらのはな　晩夏

韮（仲春）はヒガンバナ科の多年草。四〇センチほどの花茎の先に花径約六ミリの白い花が多数咲く。

はじき豆　はじきまめ　初夏　⇩蚕豆《そらまめ》（89頁）

淡竹の子　はちくのこ　初夏　⇩筍《たけのこ》（90頁）

真竹の子　まだけのこ　初夏　⇩筍（同右）

秋田蕗　あきたぶき　初夏　⇩蕗《ふき》（18頁）

蕗畑　ふきばたけ　初夏　⇩蕗（同右）

瓜畑　うりばたけ　晩夏　⇩瓜（18頁）

甜瓜／真桑瓜　まくわうり　まくはうり　晩夏

3音　**真瓜《まくわ》**

4音　**甘瓜《あまうり》**　**梨瓜《なしうり》**

8音　**黄金甜瓜《こがねまくわうり》**

初茄子　はつなすび　晩夏　⇩茄子《なす》（18頁）

夏蕪　なつかぶら　三夏　⇩夏蕪《なつかぶ》（91頁）

走り藷　はしりいも　晩夏　⇩新藷《しんいも》（91頁）

若牛蒡　わかごぼう　わかごばう　晩夏

牛蒡（晩秋）の夏に穫れるもの。

新牛蒡　しんごぼう　しんごばう　晩夏　⇨若牛蒡

茗荷の子　みょうがのこ　めうがのこ　晩夏

茗荷の紫色の苞葉と花穂。薬味などにする。なお、新芽は茗荷竹（晩春）、茗荷の花は初秋の季語。

柳蓼　やなぎたで　三夏　⇩蓼《たで》（18頁）

桜蓼　さくらたで　三夏　⇩蓼（同右）

蓮の花　はすのはな　晩夏

2音　**蓮**《はす》

3音　**はちす**

4音　**紅蓮**《べにはす》　**白蓮**《しろはす》　**白蓮**《びゃくれん》　**蓮池**《はすいけ》

蓮浮葉　はすうきは　仲夏　⇩蓮《はす》の浮葉《うきは》（172頁）

蓮青葉　はすあおば　はすあをば　晩夏　⇩蓮《はす》の葉《は》（92頁）

裸麦　はだかむぎ　初夏　⇩麦（19頁）

麦畑　むぎばたけ　初夏　⇩麦（同右）

麦の波　むぎのなみ　初夏　⇩麦（同右）

烏麦　からすむぎ　初夏

牧草やオートミールにする麦。

4音　**燕麦**《えんばく》

雀麦　すずめむぎ　初夏　⇨烏麦

オート麦　初夏　⇨烏麦

オーツ麦　初夏　⇨烏麦

茶挽草　ちゃひきぐさ　初夏　⇨烏麦

早苗束　さなえたば　さなへたば　仲夏　⇩早苗《さなえ》（44頁）

余苗　あまりなえ　あまりなへ　仲夏　⇩早苗（同右）

早苗舟　さなえぶね　さなへぶね　仲夏　⇩早苗（同右）

早苗籠　さなえかご　さなへかご　仲夏　⇩早苗（同右）

帚草　ははきぐさ　晩夏　⇩帚木《ははきぎ》（92頁）

帚草　ほうきぐさ　はいきぐさ　晩夏　⇩帚木（同右）

棉の花／綿の花　わたのはな　晩夏

棉（仲秋）の花は大ぶりで白、淡黄色などの五弁。

麻の花　あさのはな　晩夏　⇩麻（19頁）

麻畠　あさばたけ　晩夏　⇩麻（同右）

桜麻　さくらあさ　晩夏

麻（19頁）の雄花。桜に似た五弁なので この名。

2音　**雄木《おぎ》**　**雌木《めぎ》**

3音　**雄麻《おあさ》**　**雌麻《めあさ》**　**実麻《みあさ》**

夏の草　なつのくさ　三夏　⇩夏草（92頁）

例　就中《なかんずく》醜き夏の草はこれ　高浜虚子

草茂る　くさしげる　三夏

7音　**名《な》の草茂《くさしげ》る**　**夏草茂《なつくさしげ》る**

茂る草　しげるくさ　三夏　⇨草茂る

草いきれ　くさいきれ　晩夏

炎暑の日に草むらが高温多湿になる現象。

例　草いきれその正体に近づきゆく　波多野爽波

草いきり　くさいきり　晩夏　⇨草いきれ

草の息　くさのいき　晩夏　⇨草いきれ

蔦茂る　つたしげる　三夏　⇩青蔦《あおつた》（93頁）

蔦青葉　つたあおば　つたあをば　三夏　⇩青蔦（同右）

蔦青し　つたあおし　つたあをし　三夏　⇩青蔦（同右）

歯朶若葉　しだわかば　初夏　⇩青歯朶《あおしだ》（93頁）

青芒／青薄　あおすすき　あをすすき　三夏

例　戦争を知らぬ老人青芒　岸本尚毅

4音　**青萱《あおがや》**

6音　**芒茂《すすきしげ》る**

萱茂る　かやしげる　三夏　⇨青芒

蘆茂る　あししげる　三夏　⇩青蘆《あおあし》（93頁）

夏蓬　なつよもぎ　三夏

田植花　たうえばな　たうゑばな　仲夏

田植の頃に咲く花のこと。地域によって異なる。

6音　**早《さ》乙女《おとめ》花《ばな》**

田植草　たうえぐさ　たうゑぐさ　仲夏　⇨田植花

八重葎　やえむぐら　やへむぐら　三夏　⇩葎《むぐら》（45頁）

玉真葛　たままくず　初夏　⇩玉巻《たまま》く葛《くず》（172頁）

葛若葉　くずわかば　初夏　⇩玉巻く葛（同右）

曼荼羅華　まんだらげ　晩夏　⇩朝鮮朝顔《ちょうせんあさがお》（192頁）

闘陽花　とうようか　とうやうくわ　晩夏　⇩朝鮮朝顔（同右）

万桃花　まんとうか　まんたうくわ　晩夏　⇩朝鮮朝顔（同右）

石菖蒲　いしあやめ　初夏　⇩石菖《せきしょう》（93頁）

賀茂葵　かもあおい　かもあふひ　初夏　⇩二葉葵《ふたばあおい》（173頁）

葵草　あおいぐさ　あふひぐさ　初夏　⇩二葉葵（同右）

挿頭草　かざしぐさ　初夏　⇩二葉葵（同右）

日陰草　ひかげぐさ　初夏　⇩二葉葵（同右）

両葉草　もろはぐさ　初夏　⇩二葉葵（同右）

竹煮草／竹似草　たけにぐさ　晩夏

ケシ科の多年草。丈が二メートルにもなり、白い小花が密生して咲く。

占婆菊　ちゃんばぎく　晩夏　⇨竹煮草

胡蝶蘭　こちょうらん　こてふらん　晩夏

4音　**岩蘭《いわらん》**

羽蝶蘭　うちょうらん　うてふらん　晩夏　⇨胡蝶蘭

有馬蘭　ありまらん　晩夏　⇨胡蝶蘭

月見草　つきみそう　つきみさう　晩夏

アカバナ科。花は白から翌朝しぼむ頃には薄桃色に。黄色の花をつける別種の待宵草などをさすこともある。

6音　**待宵草《まつよいぐさ》**

月見草　つきみぐさ　晩夏　⇨月見草

水芭蕉　みずばしょう　みづばせう　仲夏

サトイモ科の多年草。湿地に自生し、白く大きな苞葉に黄白色の小花が多数柱状に咲く。

花擬宝珠　はなぎぼし　仲夏　⇩擬宝珠《ぎぼうし》の花（187頁）

粽草　ちまきぐさ　三夏　⇩真菰《まこも》（45頁）

花且見　はなかつみ　三夏　⇩真菰（同右）

且見草　かつみぐさ　三夏　⇩真菰（同右）
真菰草　まこもぐさ　三夏　⇩真菰（同右）
著莪の花／射干の花　しゃがのはな　仲夏
アヤメ科の常緑多年草。花は白に紫の斑《ふ》が入る。
例　金色に老いねばならぬ著莪の花　八田木枯
4音　**胡蝶花**《こちょうか》
金茎花　きんけいか　きんけいくわ　仲夏　⇨著莪の花
藪菖蒲　やぶしょうぶ　やぶしやうぶ　仲夏　⇨著莪の花
未草　ひつじぐさ　晩夏　⇩睡蓮《すいれん》（94頁）
花慈姑　はなくわい　はなくわゐ　仲夏　⇩沢瀉《おもだか》（94頁）
水葵　みずあおい　みづあふひ　晩夏
一年草の水草。沼や水田に生え、観賞用にも栽培。花茎が高く伸び青紫色の六弁花を多数咲かせる。
2音　**水葱**《なぎ》**／菜葱**《なぎ》
3音　**浮薔**《ふしょう》
菱の花　ひしのはな　仲夏
葉が水面に浮く浮葉植物。葉は菱形。小さな白い四弁花が水面に咲く。食用になる「菱の実」は仲秋の季語。
4音　**水栗**《みずぐり》　**蔆蔆**《りょうりょう》
蒲の花　がまのはな　晩夏　⇩蒲《がま》の穂《ほ》（94頁）
滑莧／滑歯莧／馬歯莧　すべりひゆ　三夏
一年草の雑草。葉は分厚く光沢がある。花茎約七ミリの黄色の五弁花を咲かせる。
4音　**馬歯草**《ばしそう》　**馬莧**《うまひゆ》
6音　**長命菜**《ちょうめいさい》
五行草　ごぎょうそう　ごぎやうさう　三夏　⇨滑歯莧
浜万年青　はまおもと　晩夏　⇩浜木綿《はまゆう》（95頁）
夏薊　なつあざみ　三夏
灸花　やいとばな　晩夏
蔓性多年草。白い花弁の中心が紅色の花を多数咲かせる。
6音　**屁糞葛**《へくそかずら》

すいも草　すいもぐさ　三夏　⇩酢漿草《かたばみ》（95頁）

こがね草　こがねぐさ　三夏　⇩酢漿草（同右）

野大黄　のだいおう　のだいわう　仲夏　⇩羊蹄《ぎしぎし》の花（187頁）

医者いらず　いしゃいらず　仲夏　⇩現《げん》の証拠《しょうこ》（173頁）

神輿草　みこしぐさ　仲夏　⇩現の証拠（同右）

忘草　わすれぐさ　晩夏　⇩萱草《かんぞう》（95頁）

野萱草　のかんぞう　のくわんざう　晩夏　⇩萱草（同右）

踊草　おどりそう　をどりさう　初夏　⇩踊子草《おどりこそう》（173頁）

踊花　おどりばな　をどりばな　初夏　⇩踊子草（同右）

姫女菀　ひめじょおん　ひめぢよをん　初夏

キク科の多年草。黄色の花芯を白い舌状花が囲む。

犬姫菜　いぬよめな　初夏　⇨姫女菀

都草　みやこぐさ　初夏

マメ科の多年草。花は黄色く蝶形。

4音　**黄蓮華《きれんげ》**

6音　**淀殿草《よどどのぐさ》**

8音　**狐《きつね》の豌豆《えんどう》**

黄金花　こがねばな　初夏　⇨都草

烏帽子花　えぼしばな　初夏　⇨都草

駒繋　こまつなぎ　晩夏

マメ科の落葉小低木。紅紫色の蝶形の花が房状につく。

6音　**駒留萩《こまとめはぎ》**　**金剛草《こんごうそう》**

駒留　こまとどめ　晩夏　⇨駒繋

馬繋　うまつなぎ　晩夏　⇨駒繋

破れ傘　やぶれがさ　仲夏

若葉を傘に見立ててこの名。茎先に白い小花をつける。

6音　**狐《きつね》の傘《かさ》**

7音　**破《やぶ》れ菅笠《すげがさ》**

靫草／空穂草　うつぼぐさ　仲夏

穂状についた紫色の小花は花が終わると褐色に変わる。

4音　**夏枯草《かこそう》**

麒麟草／黄輪草　きりんそう　きりんさう　仲夏

黄色い五弁の小花が星形に開き密生する。

巻柏　まきかしわ　まきかしは　三夏　⇩岩檜葉《いわひば》（96頁）

半夏生／半化粧　はんげしょう　はんげしやう　仲夏

ドクダミ科の多年草。白い小花が房状につく。卵形の葉は花が咲くと、花に近い根元部分が白くなる。

6音　**片白草**《かたしろぐさ》　**三白草**《さんぱくそう》

7音　**半夏生草**《はんげしょうそう》

花茗荷　はなみょうが　はなめうが　仲夏

ショウガ科の常緑多年草。茎と葉が茗荷に似る。

野豌豆　のえんどう　のゑんどう　初夏　⇩浜豌豆（174頁）

夏蕨　なつわらび　初夏

蕨（仲春）のうち夏に生えるもの。

芹の花　せりのはな　仲夏

芹（三春）は小さな白い五弁花が球状に密集して咲く。

虎耳草／鴨足草／雪の下　ゆきのした　仲夏

山野の湿った日陰に自生。小さな五弁花が房状に咲く。

虎の耳　とらのみみ　仲夏　⇨虎耳草

畸人草　きじんそう　きじんさう　仲夏　⇨虎耳草

うじころし　仲夏　⇩蠅取草《はえとりぐさ》（175頁）

風知草　ふうちそう　ふうちさう　晩夏

崖などに生え、葉は細長く、表が白、裏が緑。

4音　**風草**《かぜぐさ》

6音　**風知草**《かぜしりぐさ》

裏葉草　うらはぐさ　晩夏　⇨風知草

浜蓮華　はまれんげ　晩夏　⇩得撫草《うるつぷそう》（175頁）

岩鏡　いわかがみ　いはかがみ　晩夏

山地に自生。淡紅色で漏斗状の花が下向きに咲く。

苔の花　こけのはな　仲夏

苔が胞子を作る胞子体をさす。

4音　**花苔**《はなごけ》

苔茂る　こけしげる　仲夏

4音　**青苔**《あおごけ》

苔青し　こけあおし　こけあをし　仲夏　⇨苔茂る

松蘿／猿麻桛　さるおがせ　さるをがせ　晩夏
地衣類の一種。森の木の枝につき、垂れ下がる。

さがりごけ　晩夏　⇨松蘿／猿麻桛

青味泥　あおみどろ　あをみどろ　三夏
淡水藻の一つ。濃緑色で糸状につながって浮かぶ。

あをみどり　あおみどり　三夏　⇨青味泥

金蓮子　きんれんじ　三夏　⇩浅沙《あさざ》（46頁）

鏡草　かがみぐさ　三夏　⇩萍《うきくさ》（96頁）

根無草　ねなしぐさ　三夏　⇩萍（同右）

蛭蓆　ひるむしろ　三夏
池や水田に自生。黄緑色の小花が穂状につく。
3音　**蛭藻《ひるも》**　**笹藻《ささも》**

蓴採る　ぬなわとる　ぬなはとる　三夏　⇩蓴菜《じゅんさい》（97頁）

蓴舟　ぬなわぶね　ぬなはぶね　三夏　⇩蓴菜（同右）

早松茸　さまつたけ　仲夏
松茸（晩秋）のうち夏に出回るもの。
3音　**さまつ**

梅雨茸／梅雨菌　つゆきのこ　仲夏　⇩梅雨茸《つゆだけ》（97頁）

麴黴　こうじかび　かうぢかび　仲夏　⇩黴《かび》（19頁）

黴の宿　かびのやど　仲夏　⇩黴（同右）

黴煙　かびけむり　仲夏　⇩黴（同右）

黴の花　かびのはな　仲夏　⇩黴（同右）

黴拭ふ　かびぬぐう　かびぬぐふ　仲夏　⇩黴（同右）

海蘿掻　ふのりかき　三夏　⇩海蘿《ふのり》（46頁）

6音の季語

6音　時候

螻蟈鳴く　ろうこくなく　初夏
七十二候（中国）で五月五日頃から約五日間。螻蟈《ろうこく》は螻蛄《けら》のこと。

蚯蚓出づ　きゅういんいず　きういんいづ　初夏
七十二候で五月一〇日頃から約五日間。

王瓜生ず　おうかしょうず　わうかしやうず　初夏
七十二候（中国）で五月一五日頃から約五日間。王瓜は烏瓜《からすうり》のこと。

苦菜秀づ　くさいひいづ　初夏
七十二候（中国）で五月二一日頃から約五日間。

橘月　たちばなづき　仲夏　⇩皐月《さつき》（21頁）

五月雨月　さみだれづき　仲夏　⇩皐月（同右）

月見ず月　つきみずつき　仲夏　⇩皐月（同右）

芒種の節　ぼうしゅのせつ　ぼうしゆのせつ　仲夏　⇩芒種（21頁）

梅雨始まる　つゆはじまる　仲夏　⇩梅雨《つゆ》に入《い》る（98頁）

半夏生ず　はんげしょうず　はんげしやうず　仲夏　⇩半夏生《はんげしょう》（99頁）

風待月　かぜまちづき　晩夏　⇩水無月《みなづき》（48頁）

常夏月　とこなつづき　晩夏　⇩水無月（同右）

青水無月　あおみなづき　あをみなづき　晩夏　⇩水無月（同右）

夏暁　なつあかつき　三夏
5音 **夏未《なつみ》明《めい》**
7音 **夏《なつ》の暁《あかつき》**

夏の夜明　なつのよあけ　三夏　⇨夏暁

夏の夕べ　なつのゆうべ　なつのゆふべ　三夏　⇩夏の暮（99頁）

土用の入　どようのいり　晩夏　⇩土用（21頁）

土用太郎　どようたろう　どようたらう　晩夏　⇩土用（同右）
土《ど》用入《よういり》の日。土用の初日。

土用二郎　どようじろう　どようじらう　晩夏　⇩土用（同右）
土用の第二日。

夏の別れ　なつのわかれ　晩夏　⇩夏《なつ》の果《はて》（100頁）

夏の名残　なつのなごり　晩夏　⇩夏の果（同右）

秋の隣　あきのとなり　晩夏　⇩秋近し（100頁）

水無月尽　みなづきじん　晩夏

6音　天文

入道雲　にゅうどうぐも　三夏　⇩雲の峰（101頁）

積乱雲　せきらんうん　三夏　⇩雲の峰（同右）

鉄床雲／鉄砧雲　かなとこぐも　三夏　⇩雲の峰（同右）
積乱雲の上部の形状が鉄床（金属加工のための作業台）に似ていることからついた呼称。

丹波太郎　たんばたろう　たんばたらう　三夏　⇩雲の峰（同右）

信濃太郎　しなのたろう　しなのたらう　三夏　⇩雲の峰（同右）

石見太郎　いわみたろう　いはみたらう　三夏　⇩雲の峰（同右）

安達太郎　あだちたろう　あだちたらう　三夏　⇩雲の峰（同右）

麦熟れ星　むぎなれぼし　仲夏　⇩梅雨の星（101頁）

サザンクロス　初夏　⇩南十字星（189頁）

海南風　かいなんぷう　三夏　⇩南風（101頁）

茅花流し　つばなながし　初夏
茅花の穂綿がほぐれる頃に吹く南風。

黄雀風　こうじゃくふう　くわうじやくふう　仲夏
六月から七月（梅雨から盛夏）にかけて吹く南東風。この時期の風で海の魚が黄雀（雀《すずめ》のこと）に変わるとの古代中国の故事から。

梅雨の走り　つゆのはしり　初夏　⇩走《はし》り梅雨《づゆ》（102頁）

五月曇　さつきぐもり　仲夏　⇩梅雨《つゆ》（10頁）

五月雨雲　さみだれぐも　仲夏　⇩五月雨《さみだれ》（51頁）

送り梅雨　おくりばいう　晩夏　⇩送《おく》り梅雨《づゆ》（103頁）

虎が涙　とらがなみだ　仲夏　⇩虎《とら》が雨《あめ》（103頁）

夕立雲　ゆうだちぐも　ゆふだちぐも　三夏　⇩夕立（51頁）

夕立晴　ゆうだちばれ　ゆふだちばれ　三夏　⇩夕立（同右）

夕立風　ゆうだちかぜ　ゆふだちかぜ　三夏　⇩夕立（同右）

梅雨雷　つゆかみなり　仲夏

梅雨明けの頃の雷。

5音 **梅雨《つゆ》の雷《らい》**

卯月曇　うづきぐもり　初夏

旧暦卯月（新暦四月）の曇天。

7音 **卯《う》の花曇《はなぐもり》**

朝焼雲　あさやけぐも　晩夏　⇩朝焼（52頁）

夕焼雲　ゆうやけぐも　ゆふやけぐも　晩夏　⇩夕焼（52頁）

梅雨夕焼　つゆゆうやけ　つゆゆふやけ　晩夏　⇩夕焼（同右）

夕焼空　ゆうやけぞら　ゆふやけぞら　晩夏　⇩夕焼（同右）

6音　地理

山滴る　やましたたる　三夏

みずみずしい夏の山の譬《たと》え。春は「山笑ふ」、秋は「山粧《よそお》ふ」、冬は「山眠る」。

富士の雪解　ふじのゆきげ　仲夏

富士山の雪解けは遅く六月頃なので、「雪解」（仲春）と区別する。

5音 **雪解《ゆきげ》富士《ふじ》**

お花畑／お花畠　おはなばたけ　晩夏

群れて咲いた高山植物。「お」をつけて「花畑」（三秋）と区別する。

夏の岬　なつのみさき　三夏

5音 **青岬《あおみさき》**

清水掬ぶ　しみずむすぶ　しみづむすぶ　三夏　⇩清水（25頁）

岩滴る　いわしたたる　いはしたたる　三夏　⇩滴《したた》り（54頁）

崖滴る　がけしたたる　三夏　⇩滴り（同右）

6音　生活

サマードレス　三夏　⇩夏服（55頁）

簡単服　かんたんふく　三夏　⇩夏服（同右）

ショートパンツ　三夏　⇩夏服（同右）

袷衣　あわせころも　あはせころも　初夏　⇩袷《あわせ》（25頁）

白帷子　しろかたびら　晩夏　⇩帷子《かたびら》（55頁）

染帷子　そめかたびら　晩夏　⇩帷子（同右）

縮木綿　ちぢみもめん　三夏　⇩縮《ちぢみ》（26頁）

越後縮　えちごちぢみ　ゑちごちぢみ　三夏　⇩縮（同右）

明石縮　あかしちぢみ　三夏　⇩縮（同右）

越後上布　えちごじょうふ　ゑちごじやうふ　三夏　⇩上布《じょうふ》（26頁）

薩摩上布　さつまじょうふ　さつまじやうふ　三夏　⇩上布（同右）

宮古上布　みやこじょうふ　みやこじやうふ　三夏　⇩上布（同右）

開襟シャツ　かいきんシャツ　三夏　⇩夏シャツ（56頁）

海水帽　かいすいぼう　晩夏　⇩水着（26頁）

水泳帽　すいえいぼう　晩夏　⇩水着（同右）

カンカン帽　三夏　⇩夏帽子（108頁）

麦稈帽　むぎわらぼう　⇩夏帽子（同右）

夏手袋　なつてぶくろ　三夏

5音　夏手套《なつしゅとう》

ハンカチーフ　三夏　⇩ハンカチ（56頁）

筍飯　たけのこめし　初夏

柿の葉鮓　かきのはずし　三夏　⇩鮓《すし》（11頁）

冷索麺／冷素麺　ひやそうめん　ひやさうめん　三夏

7音　流《なが》し索麺《そうめん》

冷し中華　ひやしちゅうか　ひやしちゆうくわ　三夏

冷し西瓜　ひやしすいか　ひやしすいくわ　晩夏

雷干　かみなりぼし　三夏　⇩乾瓜《ほしうり》（57頁）
乾瓜《ほしうり》の別称。雷が鳴り出したら中に取り込むことから。

浅漬茄子　あさづけなす　三夏　⇩茄子漬《なすづけ》（57頁）

茄子田楽　なすでんがく　三夏　⇩鴫焼《しぎやき》（57頁）

梅干漬　うめぼしづけ　晩夏　⇩梅干《うめほ》す（57頁）

夜干の梅　よぼしのうめ　晩夏　⇩梅干す（同右）

青梅煮る　あおうめにる　あをうめにる　仲夏　⇩煮梅《にうめ》（27頁）

新酒火入れ　しんしゅひいれ　三夏　⇩煮酒《にざけ》（27頁）

ビヤガーデン　三夏　⇩ビール（27頁）

梅焼酎　うめしょうちゅう　うめせうちう　晩夏　⇩梅酒《うめしゅ》（27頁）

芋焼酎　いもしょうちゅう　いもせうちう　三夏　⇩焼酎（58頁）

蕎麦焼酎　そばしょうちゅう　そばせうちう　三夏　⇩焼酎
（同右）

麦焼酎　むぎしょうちゅう　むぎせうちう　三夏　⇩焼酎（同右）

黍焼酎　きびしょうちゅう　きびせうちう　三夏　⇩焼酎（同右）

白玉水　しらたますい　三夏　⇩砂糖水（110頁）

冷し紅茶　ひやしこうちゃ　三夏　⇩アイスティー（110頁）

炭酸水　たんさんすい　三夏　⇩ソーダ水（110頁）

沸騰散　ふっとうさん　三夏　⇩ソーダ水（同右）

ミルクセーキ　三夏

葛饅頭　くずまんじゅう　くずまんぢゅう　三夏

5音　**葛桜**《くずざくら》

水饅頭　みずまんじゅう　みづまんぢゅう　三夏　⇨葛饅頭

金玉糖／錦玉糖　きんぎょくとう　きんぎよくたう　三夏
寒天に砂糖を加えて煮詰め、冷やし固めた菓子。

金玉羹　きんぎょくかん　三夏　⇨金玉糖

水羊羹　みずようかん　みづやうかん　三夏

冷し汁粉　ひやししるこ　三夏　⇩茹小豆《ゆであずき》（110頁）

土用鰻　どよううなぎ　晩夏
土用（21頁）の丑の日に鰻を食べる習慣。

5音　**鰻**《うなぎ》**の日**《ひ》

土用蜆　どようしじみ　晩夏

蜆の旬（春）とは別に土用（21頁）に滋養のために食べる蜆。

柳川鍋　やながわなべ　やながはなべ　三夏　⇩泥鰌鍋《どじょうなべ》（111頁）

身欠鰊　みがきにしん　初夏

晒鯨　さらしくじら　さらしくぢら　三夏

鯨の尾や皮の塩漬けを薄切りにし、熱湯で塩分と油分を抜いたあと冷水に晒したもの。

例　さらしくぢら人類すでに黄昏れて　小澤實

5音　**皮鯨《かわくじら》**　**塩鯨《しおくじら》**

醤油製す　しょうゆせいす　しやうゆせいす　晩夏

醤油つくる　しょうゆつくる　しやうゆつくる　晩夏　⇨醤油製す

夏座蒲団　なつざぶとん　三夏

革座蒲団　かわざぶとん　かはざぶとん　三夏　⇨夏座布団

蠅捕紙　はえとりがみ　はへとりがみ　三夏

例　天下《てんが》茶屋《ちやや》蠅取紙の新しく　岸本尚毅

7音　**蠅捕《はえとり》リボン**

匂袋　においぶくろ　にほひぶくろ　三夏

香料を入れた絹袋。部屋に吊るして使った。

4音　**掛香《かけこう》**

風鈴売　ふうりんうり　三夏　⇩風鈴（61頁）

岐阜提灯　ぎふぢょうちん　ぎふぢやうちん　三夏

美濃和紙と竹で作った岐阜名産の提灯。

例　土砂降りの映画にあまた岐阜提灯　攝津幸彦

毒消売　どくけしうり　三夏

解毒剤「毒消丸《どくけしがん》」の行商。

麦殻焼　むぎがらやき　初夏　⇩麦打《むぎうち》（62頁）

麦の籾殻《もみがら》を焼くこと。畑に撒くなどした。

五月乙女　さつきおとめ　さつきをとめ　仲夏　⇩早乙女《さおとめ》（62頁）

水争　みずあらそい　みづあらそひ　仲夏

旱魃の際の村落間の用水をめぐる諍《いさか》い。

5音　**水喧嘩《みずげんか》**

水盗人　みずぬすびと　みづぬすびと　仲夏　⇩水盗む（115頁）

菊の挿芽　きくのさしめ　仲夏　⇩菊挿《きくさ》す（63頁）

天草採　てんぐさとり　三夏

天草（紅藻類）を浅瀬の岩などで採取すること。

天草干す　てんぐさほす　三夏　⇨天草採

干瓢剝く　かんぴょうむく　かんぺうむく　晩夏

夕顔の実を薄く剝くこと。乾燥させて食用となる。

干瓢干す　かんぴょうほす　かんぺうほす　晩夏　⇨干瓢剝く

瓜番小屋　うりばんごや　晩夏　⇩瓜番（63頁）

瓜盗人　うりぬすっと　晩夏　⇩瓜番（同右）

例　先生が瓜盗人でおはせしか　高浜虚子

牧草刈る　ぼくそうかる　ぼくさうかる　三夏　⇩草刈《くさかり》（64頁）

ビーチハウス　三夏　⇩海の家（117頁）

ビーチボール　晩夏　⇩泳ぎ（31頁）

高飛び込み　たかとびこみ　晩夏　⇩飛び込み（65頁）

海水浴　かいすいよく　晩夏

4音　**潮浴《しおあび》**

7音　**ビーチサンダル**

仕掛花火　しかけはなび　晩夏　⇩花火（31頁）

ねずみ花火　晩夏　⇩線香花火（178頁）

夏狂言　なつきょうげん　なつきやうげん　晩夏　⇩夏芝居（117頁）

水狂言　みずきょうげん　みづきやうげん　晩夏　⇩水芸（66頁）

野外映画　やがいえいが　やぐわいえいぐわ　晩夏

7音　**納涼映画《のうりようえいが》**

水鉄砲　みずでっぽう　みづでつぱう　三夏　⇩水遊び（118頁）

例　水に浮く水鉄砲の日暮かな　津川絵理子

浮人形　うきにんぎょう　うきにんぎやう　三夏

風呂や行水に浮かべて遊ぶ玩具。

5音　**浮《う》いてこい**

水機関　みずからくり　みづからくり　三夏

水を意外な場所から噴き出させる仕掛け、見世物。

樟脳舟　しょうのうぶね　しやうなうぶね　三夏

紙製などの小舟に樟脳を載せて水面を進ませる玩具。

麦藁笛／麦稈笛　むぎわらぶえ　初夏　⇩麦笛（66頁）

片肌脱　かたはだぬぎ　晩夏　⇩肌脱《はだぬぎ》（67頁）

諸肌脱　もろはだぬぎ　晩夏　⇩肌脱（同右）

熱中症　ねっちゅうしょう　ねつちゆうしやう　晩夏　⇩日射病（119頁）

暑中見舞　しょちゅうみまい　しよちゆうみまひ　晩夏

夏期講習　かきこうしゅう　かきかうしふ　晩夏　⇩夏季講座（119頁）

6音　行事

バードウィーク　初夏　⇩愛鳥週間（189頁）

原爆の日　げんばくのひ　晩夏

太平洋戦争末期、一九四五年八月六日に広島に、九日に長崎に原爆投下。毎年、この両日に式典が催される。

5音 ▷ **原爆忌《げんばくき》**　**広島忌《ひろしまき》**　**長崎忌《ながさきき》**

五月幟　さつきのぼり　初夏　⇩幟《のぼり》（33頁）

幟飾る　のぼりかざる　初夏　⇩幟（同右）

武者人形　むしゃにんぎょう　むしやにんぎやう　初夏

端午の節句（五月五日）に飾る武者の人形。

5音 ▷ **武具《ぶぐ》飾《かざ》る**

7音 ▷ **五月人形《さつきにんぎょう》**

百草摘　ひゃくそうつみ　ひやくさうつみ　仲夏　⇩薬狩《くすりがり》（120頁）

若宮能　わかみやのう　初夏　⇩薪能《たきぎのう》（120頁）

開山祭　かいざんさい　晩夏　⇩山開《やまびらき》（120頁）

卯月八日　うづきようか　うづきやうか　晩夏　⇩山開（同右）

独立祭　どくりつさい　晩夏

七月四日。米国の独立（一七七六年）記念日。

土用艾　どようもぐさ　晩夏　⇩土用灸《どようきゅう》（120頁）

焙烙灸　ほうろくきゅう　はうろくきう　晩夏　⇩土用灸（同右）

祭太鼓　まつりだいこ　三夏　⇩祭（33頁）

祭囃子　まつりばやし　三夏　⇩祭（同右）

筑摩祭　つくままつり　初夏

五月三日、滋賀県米原市の筑摩《ちくま》神社で行われる祭礼。

5音　**鍋祭《なべまつり》**

8音　**鍋冠祭《なべかぶりまつり》**

神田祭　かんだまつり　初夏

東京・神田明神で二年に一度、五月第二木曜日から翌週水曜日までの七日間行われる祭礼。

葵祭　あおいまつり　あふひまつり　初夏

五月一五日、京都・上賀茂神社と下賀茂神社の祭礼。

例　大学も葵祭のきのふけふ　田中裕明

5音　**賀茂祭《かもまつり》／加茂祭《かもまつり》**　**賀茂葵《かもあおい》**　**懸葵《かけあおい》**　**北祭《きたまつり》**

三社祭　さんじゃまつり　初夏

五月第三金曜日から三日間。東京都台東区の浅草神社の祭礼。

5音　**三社祭《さんじゃさい》**

7音　**浅草祭《あさくさまつり》**

御田祭　おんだまつり　初夏　⇩御田植《おたうえ》（68頁）

浅間講　せんげんこう　せんげんかう　仲夏　⇩富士詣《ふじもうで》（121頁）

茅の輪潜り　ちのわくぐり　晩夏　⇩茅《ち》の輪《わ》（34頁）

祇園祭　ぎおんまつり　ぎをんまつり　晩夏

京都・八坂神社の祭礼。七月を通して様々な行事が続くが、一七日と二四日の山鉾巡行《やまぼこじゅんこう》がとくに人を集める。

4音　**祇園会《ぎおんえ》**　**山鉾《やまぼこ》**　**宵山《よいやま》**　**鉾立《ほこたて》**

7音　**祇園御霊会《ぎおんごりょうえ》**

祇園囃子　ぎおんばやし　ぎをんばやし　晩夏　⇨祇園祭

天満祭　てんままつり　晩夏　⇩天神祭《てんじんまつり》（180頁）

千団講／栴檀講　せんだんこう　せんだんかう　初夏　⇩千《せん》団子《だんご》（122頁）

朝顔市　あさがおいち　あさがほいち　仲夏

七月六日から三日間、東京入谷の鬼子母神の境内と周辺で朝顔を売る市《いち》。

十日詣　とおかまいり　とをかまゐり　晩夏　⇩四万六千日《しまんろくせんにち》（193頁）

鬼灯市／酸漿市　ほおずきいち　ほほづきいち　晩夏
七月九日と一〇日、東京・浅草寺《せんそうじ》境内で鬼灯を売る市《いち》。

閻魔参　えんままいり　えんままゐり　晩夏
旧暦七月一六日、閻魔王の縁日。各地の寺院の閻魔堂で行事がある。

7音 **十王詣《じゅうおうもうで》**

8音 **閻魔《えんま》の斎日《さいにち》**

閻魔詣　えんまもうで　えんままうで　晩夏　⇨閻魔参

大斎日　だいさいにち　晩夏　⇨閻魔参

昇天祭　しょうてんさい　初夏
キリストの昇天を祝う祝祭。復活祭から四〇日目の木曜日。

万太郎忌　まんたろうき　まんたらうき　初夏
五月六日。小説家・俳人、久保田万太郎（一八八九〜一九六三年）の忌日。

朔太郎忌　さくたろうき　さくたらうき　初夏
五月一一日。詩人、萩原朔太郎（一八八六〜一九四二年）の忌日。

秋櫻子忌　しゅうおうしき　しうあうしき　晩夏
七月一七日。俳人、水原秋櫻子（一八九二〜一九八一年）の忌日。

5音 **喜雨亭忌《きうていき》**　**群青忌《ぐんじょうき》**　**紫陽花忌《あじさいき》**

芥川忌　あくたがわき　あくたがはき　晩夏　⇩河童忌《かっぱき》（70頁）

龍之介忌　りゅうのすけき　晩夏　⇩河童忌（同右）

6音　動物

夏野の鹿　なつののしか　三夏
新しい角が生え始めた鹿。なお、鹿は三秋の季語。

4音 **親鹿《おやじか》**

鹿の子斑　かのこまだら　三夏　⇩鹿《しか》の子《こ》（71頁）

河鹿蛙　かじかがえる　かじかがへる　三夏　⇩河鹿《かじか》（34頁）

山椒魚　さんしょううお　さんせううを　三夏

4音　**半裂《はんざき》**

8音　**富士山椒魚《ふじさんしょううお》**

9音　**箱根山椒魚《はこねさんしょううお》**

青大将　あおだいしょう　あをだいしやう　三夏　⇩蛇（12頁）

例　青大将その重心を山に置き　和田悟朗

蛇の蛻　へびのもぬけ　仲夏　⇩蛇衣《へびきぬ》を脱《ぬ》ぐ（180頁）

鳥の換羽　とりのかえば　とりのかへば　晩夏　⇩羽抜鳥《はぬけどり》（125頁）

橘鳥　たちばなどり　三夏　⇩時鳥《ほととぎす》（125頁）

慈悲心鳥　じひしんちょう　じひしんてう　三夏

カッコウ科の鳥。鳴き声がジュウイチと聞こえる。

4音　**十一《じゅういち》**

仏法僧　ぶっぽうそう　ぶつぽふそう　三夏

鳩ほどの大きさで頭部と羽が黒、胴が青緑色。「ブッポーソー」と鳴くと思われていたが、この鳴き声は木葉《この》木菟《はずく》（126頁）で、実際は「ゲッゲッ」といった悪声。

三宝鳥　さんぼうちょう　さんぼうてう　三夏　⇨仏法僧

夏鶯　なつうぐいす　なつうぐひす　三夏　⇩老鶯《ろうおう》（72頁）

老鶯　おいうぐいす　おいうぐひす　三夏　⇩老鶯（同右）

赤翡翠　あかしょうびん　三夏

7音　**深山翡翠《みやましょうびん》**

水恋鳥　みずごいどり　みづごひどり　三夏　⇨赤翡翠

雨乞鳥　あまごいどり　あまごひどり　三夏　⇨赤翡翠

水鳥の巣　みずとりのす　みづとりのす　三夏

水鳥は三冬の季語だが、巣は夏とされる。

鳰の浮巣　におのうきす　にほのうきす　三夏

例　雨あがる鳰の浮巣のほとりより　鷹羽狩行

3音　**浮巣《うきす》**

4音　**鳰《にお》の巣《す》**

軽鴨の子　かるがものこ　三夏　⇩軽鳧《かる》の子（73頁）

水鶏叩く　くいなたたく　くひなたたく　三夏　⇩水鶏《くいな》（35頁）

水薙鳥／水凪鳥　みずなぎどり　みづなぎどり　三夏
カモメによく似た海鳥。水かきがあり、羽色は暗褐色。魚群に向かって上空から突入するので、漁師が目印にする。

尺八鳩　しゃくはちばと　三夏　⇩青鳩（74頁）

三光鳥　さんこうちょう　さんくわうてう　三夏
カササギヒタキ科の鳥。尾羽が長く、雄は頭と首が紫黒色、背が赤紫色、腹が白。雌は色がやや地味。

豆ころがし　まめころがし　三夏　⇩桑鳲《いかる》（35頁）

蝦夷虫喰　えぞむしくい　えぞむしくひ　三夏
メボソムシクイ科の小鳥。背は褐色、腹は褐色がかった白。目の上に黄白色の斑紋がある。

雷鴫　かみなりしぎ　三夏　⇩大地《おおじ》鴫《しぎ》（128頁）

麦藁鯛　むぎわらだい　むぎわらだひ　仲夏
麦収穫の時期、産卵期を終えて脂肪が減った鯛。

ブラックバス　三夏

高砂魚　たかさごうお　たかさごうを　三夏　⇩ぐるくん（77頁）

麦藁蛸　むぎわらだこ　仲夏　⇩蛸《たこ》（14頁）
麦が実る五月から六月、味が良くなった蛸。

海酸漿　うみほおずき　うみほほづき　三夏
巻貝の卵嚢《らんのう》。中身を抜き、植物の酸漿と同様に鳴らして遊ぶ。

8音　**長刀酸漿《なぎなたほおずき》**　**軍配酸漿《ぐんばいほおずき》**　**南京酸漿《なんきんほおずき》**

杖突蝦　つえつきえび　つゑつきえび　三夏　⇩手長蝦《てながえび》（129頁）

備前海月　びぜんくらげ　三夏　⇩海月《くらげ》（39頁）

浅黄斑　あさぎまだら　三夏　⇩夏の蝶（129頁）

おほむらさき　おおむらさき　三夏　⇩夏の蝶（同右）

烏揚羽　からすあげは　三夏　⇩揚羽蝶（130頁）

帝揚羽　みかどあげは　三夏　⇩揚羽蝶（同右）

蚕の蝶　かいこのちょう　かひこのてふ　仲夏　⇩蚕蛾《さんが》（39頁）

白髪太郎　しらがたろう　しらがたらう　晩夏　⇩樟蚕《くすさん》（78頁）

透し俵　すかしだわら　すかしだはら　晩夏　⇩樟蚕（同右）

雀の担桶　すずめのたご　三夏

刺蛾《いらが》の幼虫が作った繭。

10音 **雀《すずめ》の小便担桶《しょうべんたご》**

尺取虫　しゃくとりむし　三夏　⇩尺蠖《しゃくとり》（78頁）

寸取虫　すんとりむし　三夏　⇩尺蠖（同右）

杖突虫　つえつきむし　つゑつきむし　三夏　⇩尺蠖（同右）

屈伸虫　くっしんむし　三夏　⇩尺蠖（同右）

常山木虫／臭木の虫　くさぎのむし　三夏

蝙蝠蛾《こうもりが》の幼虫。

5音 **くさぎ虫《むし》**

鉄砲虫　てっぽうむし　てつぱうむし　三夏

木蠹蛾《ぼくとうが》などの幼虫。

平家蛍　へいけぼたる　仲夏　⇩蛍（39頁）

源氏蛍　げんじぼたる　仲夏　⇩蛍（同右）

皂莢虫　さいかちむし　三夏　⇩兜虫（131頁）

鍬形虫　くわがたむし　くはがたむし　三夏

髪切虫　かみきりむし　晩夏　⇩天牛《かみきり》（79頁）

桑天牛　くわかみきり　くはかみきり　晩夏　⇩天牛（同右）

吉丁虫　きっちょうむし　きつちやうむし　晩夏　⇩玉虫（79頁）

天道虫／瓢虫　てんとうむし　てんたうむし　三夏

例 病後の手てんたうむしを飛ばしけり　安住敦

5音 **てんとむし**　**瓢虫《ひさごむし》**

穀象虫　こくぞうむし　こくざうむし　三夏　⇩穀象《こくぞう》（79頁）

象鼻虫　ぞうはなむし　ざうはなむし　三夏　⇩穀象（同右）

米搗虫／叩頭虫　こめつきむし　三夏

体長約一センチの甲虫。平たい紡錘形で樹上に棲む。

糠搗虫　ぬかづきむし　三夏　⇨米搗虫

針金虫　はりがねむし　三夏　⇨米搗虫

米搗虫の幼虫。土中に棲み、植物の根を食べる。

高野聖　こうやひじり　かうやひじり　三夏　⇩田亀《たがめ》（40頁）

風船虫　ふうせんむし　三夏

ミズムシ科の水生昆虫。体長約六ミリで、黄褐色の地に黒い斑点がある。

5音 小水虫《こみずむし》

にいにい蟬 にいにいぜみ 晩夏 ⇩蟬（15頁）

みんみん蟬 みんみんぜみ 晩夏 ⇩蟬（同右）

蟬のもぬけ せみのもぬけ 晩夏 ⇩空蟬《うつせみ》（80頁）

蜻蛉生る とんぼうまる 仲夏

蟷螂の子 とうろうのこ たうらうのこ 仲夏 ⇩蟷螂生《とうろううま》る

（182頁）

姫家蠅 ひめいえばえ ひめいへばへ 三夏 ⇩蠅（15頁）

鼈甲蠅 べっこうばえ べつかふばへ 三夏 ⇩蠅（同右）

猩々蠅 しょうじょうばえ しやうじやうばへ 三夏

体長約二ミリの小型の蠅。遺伝学の実験で知られる。

2音 蠁子《さし》

4音 猩々蠅《しょうじょう》 酒蠅《さかばえ》

棒振虫 ぼうふりむし ばうふりむし 三夏 ⇩孑孑《ぼうふら》（81頁）

草蜉蝣／臭蜉蝣 くさかげろう くさかげろふ 晩夏

体長約一センチで体は緑色、透明の翅に緑色の脈が走る。卵を「優曇華《うどんげ》」と呼ぶ。

4音 優曇華《うどんげ》

あとさり虫 あとさりむし 三夏 ⇩蟻地獄（133頁）

擂鉢虫 すりばちむし 三夏 ⇩蟻地獄（同右）

南京虫 なんきんむし 三夏

体長約五ミリ、平たい円盤状で、赤褐色。家に棲み人から吸血する。

4音 床虫《とこむし》

5音 床虱《とこじらみ》

蠅虎／蠅捕蜘蛛 はえとりぐも はへとりぐも 三夏

小型の蜘蛛。糸を出さず巣を作らない。

赤頭蜈蚣 あかずむかで あかづむかで 三夏 ⇩蜈蚣《むかで》（40頁）

青頭蜈蚣 あおずむかで あをづむかで 三夏 ⇩蜈蚣（同右）

でんでんむし 三夏 ⇩蝸牛《かたつむり》（134頁）

6音 植物

若葉の花 わかばのはな 初夏 ⇩余花《よか》（17頁）

青葉の花 あおばのはな あをばのはな 初夏 ⇩余花（同右）

西洋薔薇 せいようばら せいやうばら 初夏 ⇩薔薇《ばら》（17頁）

茨の花 いばらのはな 初夏

バラ科の落葉低木。白く小さな五弁花を多数つける。

3音 **野薔薇《のばら》 茨《いばら》**

4音 **野茨《のいばら》**

5音 **花茨《はないばら》 花《はな》うばら**

7音 **野茨《のいばら》の花《はな》**

蔓紫陽花 つるあじさい つるあぢさゐ 晩夏 ⇩蔓手毬《つるでまり》（134頁）

額紫陽花 がくあじさい がくあぢさゐ 仲夏 ⇩額《がく》の花（135頁）

花橘 はなたちばな 仲夏 ⇩橘《たちばな》の花（182頁）

百日紅 ひゃくじつこう 仲夏 ⇩百日紅《さるすべり》（135頁）

百日白 ひゃくじつはく 仲夏 ⇩百日紅（同右）

くすぐりの木 くすぐりのき 仲夏 ⇩百日紅（同右）

五月躑躅 さつきつつじ 仲夏 ⇩杜鵑花《さつき》（41頁）

満天星 まんてんせい 初夏 ⇩白丁花《はくちょうげ》（135頁）

未央柳／美容柳 びようやなぎ びやうやなぎ 仲夏

オトギリソウ科の半落葉小低木。花は花径約五センチとやや大ぶりで黄色の五弁花。

錦うつぎ にしきうつぎ 仲夏 ⇩箱根《はこね》空木《うつぎ》の花（194頁）

夾竹桃 きょうちくとう けふちくたう 仲夏

街路樹に多く見られる常緑低木。花色は淡紅色が多い。

例 夾竹桃昼は衰へ睡りけり 草間時彦

花南天 はなんてん 仲夏 ⇩南天《なんてん》の花（183頁）

ハイビスカス 晩夏 ⇩仏桑花《ぶっそうげ》（135頁）

例 ガソリンの匂ひハイビスカスの赤 阪西敦子

ぼろんかづら ぼろんかずら 三夏 ⇩時計草《とけいそう》（136頁）

猩々草 しょうじょうそう しやうじやうさう 三夏

トウダイグサ科の一年草。赤い苞葉が花より目立つ。

柑子の花　こうじのはな　かうじのはな　初夏

柑子はミカン科の常緑小高木。白い五弁花が咲く。「柑子の実」は晩秋の季語。

5音　花柑子《はなこうじ》

蜜柑の花　みかんのはな　初夏

蜜柑（三冬）は五月頃、花径約三センチの香り高い白い五弁花を咲かせる。

5音　花蜜柑《はなみかん》

朱欒の花　ざぼんのはな　初夏

柑橘類で最大の朱欒（晩秋）は花も大きく花径一〇センチ以上にもなる。花期は五月で白い五弁花。

5音　花朱欒《はなざぼん》

7音　文旦《ぶんたん》の花《はな》

石榴の花　ざくろのはな　仲夏

石榴（仲秋）は壺状の萼をもち、花弁は六弁。ともに鮮やかな橙色。

5音　花石榴《はなざくろ》　姫石榴《ひめざくろ》

棗の花　なつめのはな　初夏

花期は五月から六月で、淡緑色の五枚の萼の中に小さな花がつく。「棗の実」は初秋の季語。

葡萄の花　ぶどうのはな　ぶだうのはな　初夏

花弁がなく、淡緑色の粒状の蕊が密集してつく。

さくらんぼう　仲夏　⇩さくらんぼ（137頁）

例　美しやさくらんぼうも夜の雨も　波多野爽波

とがりすもも　仲夏　⇩巴旦杏《はたんきょう》（137頁）

パイナップル　晩夏

3音　鳳梨《ほうり》

4音　アナナス

青葉時雨　あおばしぐれ　あをばしぐれ　三夏　⇩青葉（42頁）

木の下闇　このしたやみ　三夏　⇩木下闇《こしたやみ》（138頁）

氷室の花　ひむろのはな　晩夏　⇩氷室《ひむろ》の桜《さくら》（183頁）

楓若葉　かえでわかば　かへでわかば　初夏　⇩若楓《わかかえで》（138頁）

柏落葉　かしわおちば　かしはおちば　初夏

柏はブナ科の落葉高木。新芽の頃に葉が落ちる。

5音　**柏散《かしわち》る**

柏若葉　かしわわかば　かしはわかば　初夏　⇨柏落葉

空木の花　うつぎのはな　初夏　⇩卯《う》の花（86頁）

初卯の花　はつうのはな　初夏　⇩卯の花（同右）

卯の花垣　うのはながき　初夏　⇩卯の花（同右）

胡桃の花　くるみのはな　初夏

雄花は緑色で穂状に垂れ、雌花は目立たないが赤色。

5音　**花胡桃《はなくるみ》**

槐の花　えんじゅのはな　ゑんじゅのはな　晩夏

マメ科の落葉高木。小さな白色の蝶形花を多数つける。

3音　**ゑにす**

5音　**花槐《はなえんじゅ》**

水木の花　みずきのはな　みづきのはな　初夏

落葉広葉樹の高木。小さな白い四弁花が房状に密生。

花アカシア　初夏　⇩アカシアの花（184頁）

深山蓮華　みやまれんげ　初夏　⇩大山蓮華《おおやまれんげ》（184頁）

小梨の花　こなしのはな　初夏　⇩桷《ずみ》の花《はな》（139頁）

楝の花／樗の花　おうちのはな　あふちのはな　初夏

栴檀《せんだん》の古名。五月頃、薄紫色の五弁花をつける。

5音　**花樗《はなおうち》　雲見草《くもみぐさ》**

7音　**栴檀《せんだん》の花《はな》**

黒鉄黐　くろがねもち　初夏　⇩黐《もち》の花（139頁）

漆の花　うるしのはな　仲夏

漆器の材料で知られる木。黄緑色の小花が咲く。

5音　**花漆《はなうるし》**

菩提の花　ぼだいのはな　仲夏　⇩菩提樹《ぼだいじゅ》の花（185頁）

蘇鉄の花　そてつのはな　晩夏

九州と沖縄が原産。花期は七月頃。雌花は球状、雄花は松かさのような長い紡錘形で、ともに淡褐色。

5音　**花蘇鉄《はなそてつ》**

ご赦免花　ごしゃめんばな　晩夏　⇨蘇鉄の花

さびたの花　さびたのはな　晩夏

アジサイ科の落葉低木。白い小花が円錐状に多数つく。

5音 **花《はな》さびた**

7音 **糊《のり》の木《き》の花《はな》**

8音 **糊空木《のりうつぎ》の花《はな》**

梯梧の花　でいごのはな　三夏

マメ科の落葉高木。沖縄県の県花。緋色で蝶形の花を房状に多数つける。

5音 **海紅豆《かいこうず》**

竹の落葉　たけのおちば　初夏　⇩竹落葉《たけおちば》（140頁）

竹の葉散る　たけのはちる　初夏　⇩竹落葉（同右）

竹の若葉　たけのわかば　仲夏　⇩若竹《わかたけ》（87頁）

野花菖蒲　のはなしょうぶ　のはなしやうぶ　仲夏　⇩花菖蒲《はなしょうぶ》（141頁）

グラジオラス　晩夏

5音 **唐菖蒲《とうしょうぶ》**

7音 **阿蘭陀《おらんだ》菖蒲《しょうぶ》**　**阿蘭陀《おらんだ》あやめ**

ユッカの花　晩夏

リュウゼツラン科ユッカ属の総称。剣状の葉は硬く厚い。長い花茎の先に白、乳白色の花を多数つける。

4音 **糸蘭《いとらん》**

5音 **花《はな》ユッカ**

君代蘭　きみがよらん　晩夏　⇨ユッカの花

緋衣草　ひごろもそう　ひごろもさう　晩夏　⇩サルビア（87頁）

日輪草　にちりんそう　にちりんさう　晩夏　⇩向日葵《ひまわり》（88頁）

天蓋花　てんがいばな　晩夏　⇩向日葵（同右）

日向葵　ひゅうがあおい　ひうがあふひ　晩夏　⇩向日葵（同右）

葵の花　あおいのはな　あふひのはな　仲夏　⇩葵《あおい》（43頁）

錦葵　にしきあおい　にしきあふひ　仲夏　⇩葵（同右）

とろろあふひ　とろろあおい　晩夏　⇩黄蜀葵《おうしょつき》（141頁）

もみぢあふひ　もみじあおい　晩夏　⇩紅蜀葵《こうしょつき》（142頁）

布袋葵　ほていあおい　ほていあふひ　晩夏
ミズアオイ科の多年草。湖沼や川に浮かんで生育。花径約三センチの薄紫色の六弁花を咲かせる。
5音 **布袋草**《ほていそう》
9音 **阿蘭陀水葵**《おらんだみずあおい》

虞美人草　ぐびじんそう　ぐびじんさう　三夏　⇩雛罌粟《ひなげし》（88頁）

矢車草　やぐるまそう　やぐるまさう　仲夏
キク科の一年草。花は筒状花が集まった矢車の形。ユキノシタ科の矢車草は別種。

矢車菊　やぐるまぎく　仲夏　⇨矢車草

紅黄草　こうおうそう　こうわうさう　晩夏　⇩マリーゴールド（185頁）

唐撫子　からなでしこ　仲夏　⇩石竹《せきちく》（88頁）

カーネーション　初夏
8音 **阿蘭陀石竹**《おらんだせきちく》　**阿蘭陀撫子**《おらんだなでしこ》

マーガレット　初夏
キク科の多年草。中心が黄色で周りに白い舌状花。

木春菊　もくしゅんぎく　初夏　⇨マーガレット

竜舌蘭　りゅうぜつらん　りうぜつらん　三夏
大きく厚い葉の先端に棘《とげ》。淡黄色の小花を多数つける。

月下美人　げっかびじん　晩夏
サボテン科の多年草。白い大輪の花は朝までにしぼむ。
4音 **女王花**《じょおうか》

鉄砲百合　てっぽうゆり　てつぽうゆり　仲夏　⇩百合（17頁）

カサブランカ　仲夏　⇩百合（同右）

日日草　にちにちそう　にちにちさう　三夏
キョウチクトウ科の一年草。花径約四センチで五裂。
3音 **四時花**《しじか》
5音 **そのひぐさ**　**日日花**《にちにちか》

百日草　ひゃくにちそう　ひゃくにちさう　晩夏
キク科の一年草。花期が七月から九月と長い。園芸種として花の色かたちは豊富。

3音 **ジニア**

末摘花　すえつむはな　すゑつむはな　仲夏　⇩紅花《べにばな》（89頁）

芭蕉若葉　ばしょうわかば　ばせうわかば　初夏　⇩玉巻《たまま》く

芭蕉《ばしょう》（186頁）

芭蕉の花　ばしょうのはな　ばせうのはな　晩夏

淡黄色の大きな苞葉から花茎が出る。

5音 **花芭蕉《はなばしょう》**

苺畑　いちごばたけ　初夏　⇩苺（43頁）

胡瓜の花　きゅうりのはな　きうりのはな　初夏

ウリ科の蔓性一年草。花は径約三センチ、黄色く五裂。

南瓜の花　かぼちゃのはな　仲夏

蔓性一年草。黄色で、他のウリ科に比して大きい。

5音 **花南瓜《はなかぼちゃ》**

糸瓜の花　へちまのはな　晩夏

ウリ科の蔓性一年草。花径約五センチの黄色い五弁花。

瓢の花　ひさごのはな　晩夏

ウリ科の蔓性一年草。夕顔の変種で、白い五弁花。

5音 **花瓢《はなひさご》**

7音 **瓢簞《ひょうたん》の花《はな》**

ふくべの花　ふくべのはな　晩夏　⇨瓢の花

夕顔棚　ゆうがおだな　ゆふがほだな　晩夏　⇩夕顔（89頁）

茄子の花　なすびのはな　三夏　⇩茄子《なす》の花（144頁）

山葵の花　わさびのはな　初夏

山葵（晩春）はアブラナ科の多年草。白く小さな四弁花を房状につける。

5音 **花山葵《はなわさび》**

莢豌豆　さやえんどう　さやゑんどう　初夏　⇩豌豆《えんどう》（89頁）

豌豆引　えんどうひき　ゑんどうひき　初夏　⇩豌豆（同右）

豌豆引く　えんどうひく　ゑんどうひく　初夏　⇩豌豆（同右）

蚕豆引　そらまめひき　初夏　⇩蚕豆《そらまめ》（89頁）

蚕豆引く　そらまめひく　初夏　⇩蚕豆（同右）

新枝豆　しんえだまめ　晩夏　⇩夏豆（90頁）

蕗の広葉　ふきのひろば　初夏　⇩蕗《ふき》（18頁）

マスクメロン　晩夏　⇩メロン（44頁）

アムスメロン　晩夏　⇩メロン（同右）

巾着茄子　きんちゃくなす　晩夏　⇩茄子《なす》（18頁）

まるく巾着に似た形の茄子。新潟県長岡市の特産。

千生茄子　せんなりなす　晩夏　⇩茄子（同右）

オランダ萵苣　おらんだぢしゃ　初夏　⇩菊萵苣《きくぢしゃ》（90頁）

夏大根　なつだいこん　三夏

大根（三冬）のうち春に蒔いて夏に穫るもの。

新馬鈴薯　しんじゃがいも　初夏　⇩新馬鈴薯《しんじゃが》（91頁）

オランダ芹　おらんだぜり　三夏　⇩パセリ（44頁）

青鶏頭　あおげいとう　あをげいとう　三夏　⇩莧《ひゆ》（18頁）

青山椒　あおざんしょう　あをざんせう　晩夏

山椒の実（初秋）の未熟で小粒のもの。

葉唐辛子　はとうがらし　はたうがらし　晩夏　⇩青唐辛子《あおとうがらし》（187頁）

蓮の浮葉　はすのうきは　仲夏

まだ水面にある蓮の若葉。

3音　**銭荷《せんか》**　**銭葉《ぜには》**

5音　**蓮浮葉《はすうきは》**

蓮の巻葉　はすのまきは　晩夏　⇩蓮《はす》の葉《は》（92頁）

蓮の若根　はすのわかね　晩夏

蓮根（初冬）のうち夏に穫れる早生種。

芒茂る　すすきしげる　三夏　⇩青芒《あおすすき》（146頁）

青蘆原　あおあしはら　あをあしはら　三夏　⇩青蘆《あおあし》（93頁）

さみだれ萩　さみだれはぎ　仲夏　⇩夏萩《なつはぎ》（93頁）

萩の茂り　はぎのしげり　仲夏　⇩夏萩（同右）

早乙女花　さおとめばな　さをとめばな　仲夏　⇩田植花《たうえばな》（146頁）

小児教草　こおしえぐさ　こをしへぐさ　三夏　⇩葎《むぐら》（45頁）

玉巻く葛　たままくくず　初夏

巻葉になった葛の若葉のこと。

4音　**玉葛《たまくず》**

〈5音〉 **玉真葛**《たままくず》 **葛若葉**《くずわかば》

二葉葵 ふたばあおい ふたばあふひ 初夏
ウマノスズクサ科の多年草。葉はハート型で、徳川家の紋の元になった。花は淡紫色で鐘状。

〈5音〉 **賀茂葵**《かもあおい》 **葵草**《あおいぐさ》 **挿頭草**《かざしぐさ》 **日陰草**《ひかげぐさ》 **両葉草**《もろはぐさ》

君影草 きみかげそう きみかげさう 初夏 ⇩鈴蘭（93頁）

浜昼顔 はまひるがお はまひるがほ 初夏
海岸の砂地に自生するヒルガオ科の蔓性多年草。淡紅色で漏斗状の花を咲かせる。

待宵草 まつよいぐさ まつよひぐさ 晩夏 ⇩月見草《つきみそう》（147頁）

玉簪花 たまぎぼうし 仲夏 ⇩擬宝珠《ぎぼうし》の花（187頁）

剪刀草 せんとうそう せんたうさう 仲夏 ⇩沢瀉《おもだか》（94頁）

灯心草 とうしんそう とうしんさう 仲夏 ⇩藺《い》の花（94頁）

長命菜 ちょうめいさい ちやうめいさい 三夏 ⇩滑歯莧《すべりひゆ》（148頁）

紅虎杖 べにいたどり 晩夏 ⇩虎杖《いたどり》の花（187頁）

屁糞葛 へくそかずら へくそかづら 晩夏 ⇩灸花《やいとばな》（148頁）
灸花《やいとばな》の別名。葉をつぶすと悪臭を放つことから。

酸い物草 すいものぐさ 三夏 ⇩酢漿草《かたばみ》（95頁）

現の証拠 げんのしょうこ 仲夏
胃腸薬の原料として知られる多年草。花径約一センチで、薄紫の筋が入った白や紅紫色。
〈5音〉 **医者**《いしゃ》**いらず** **神輿草**《みこしぐさ》

忽草 たちまちぐさ 仲夏 ⇨現の証拠

ねこあしぐさ 仲夏 ⇨現の証拠

藪萱草 やぶかんぞう やぶくわんざう 晩夏 ⇩萱草《かんぞう》（95頁）

蚊帳吊草／莎草 かやつりぐさ 晩夏
道端や畑に自生。短い黄緑色の穂を多数つける。
〈4音〉 **かやつり**

踊子草 おどりこそう をどりこさう 初夏
白色、薄桃色の花が踊り子の笠に見えることから。
〈5音〉 **踊草**《おどりそう》 **踊花**《おどりばな》

虚無僧花　こむそうばな　初夏　⇨踊子草

烏扇　からすおうぎ　からすあふぎ　晩夏　⇩檜扇《ひおうぎ》（95頁）

岡虎尾　おかとらのお　おかとらのを　仲夏　⇩虎尾草《とらのお》（95頁）

烏柄杓　からすびしゃく　仲夏

サトイモ科の多年草。長い緑色の苞葉が特徴。

3音　**半夏《はんげ》**

淀殿草　よどのぐさ　初春　⇩都草《みやこぐさ》（149頁）

駒留萩　こまとめはぎ　晩夏　⇩駒繋《こまつなぎ》（149頁）

金剛草　こんごうそう　こんがうさう　晩夏　⇩駒繋（同右）

文字摺草　もじずりそう　もじずりさう　仲夏　⇩捩花《ねじばな》（96頁）

狐の傘　きつねのかさ　仲夏　⇩破れ傘（149頁）

蛍袋　ほたるぶくろ　仲夏

キキョウ科の多年草。葉はハート形で、釣り鐘状の赤紫色または白い花が下向きに咲く。

釣鐘草　つりがねそう　つりがねさう　仲夏　⇨蛍袋

提灯花　ちょうちんばな　ちやうちんばな　仲夏　⇨蛍袋

風鈴草　ふうりんそう　ふうりんさう　仲夏　⇨蛍袋

片白草　かたしろぐさ　仲夏　⇩半夏生《はんげしょう》（150頁）

三白草　さんぱくそう　さんぱくさう　仲夏　⇩半夏生（同右）

浜豌豆　はまえんどう　はまゑんどう　初夏

砂地に生えるマメ科の多年草。花は青紫色の蝶形。

5音　**野豌豆《のえんどう》**

鋸草　のこぎりそう　のこぎりさう　仲夏

キク科の多年草。茎先に薄桃色の小花が密集して咲く。

10音　**西洋鋸草《せいようのこぎりそう》**

羽衣草　はごろもそう　はごろもさう　仲夏　⇨鋸草

連鷺草　つれさぎそう　つれさぎさう　晩夏　⇩鷺草《さぎそう》（96頁）

事無草　ことなしぐさ　三夏　⇩忍《しのぶ》（46頁）

泡盛草　あわもりそう　あわもりさう　仲夏

7音　**泡盛升麻《あわもりしょうま》**

ユキノシタ科の多年草。白い小花が密集して咲く。

風知草　かぜしりぐさ　晩夏　⇩風知草《ふうちそう》（150頁）

蠅取草／蠅捕草　はえとりぐさ　はへとりぐさ　仲夏

北米原産の食虫植物。花は二枚貝のような形で、内側に棘がある。

5音　**うじころし**

蠅毒草　はえどくそう　はへどくさう　仲夏　⇨蠅取草

銀竜草　ぎんりょうそう　ぎんりやうさう　仲夏

ツツジ科の腐生植物。茎と葉が銀白色、白い五弁花が下向きに咲く。その形状から「幽霊草」の別名。

幽霊草　ゆうれいそう　いうれいさう　仲夏　⇨銀竜草

幽霊茸　ゆうれいだけ　いうれいだけ　仲夏　⇨銀竜草

薄雪草　うすゆきそう　うすゆきさう　晩夏

キク科の高山植物。花や葉の周りの綿毛が名の由来。花弁に見えるのは白い苞葉。

7音　**エーデルワイス**

白根葵　しらねあおい　しらねあふひ　晩夏

山地に自生。花弁はなく淡紫色の四枚の萼片《がくへん》が開く。

得撫草　うるっぷそう　うるつぷさう　晩夏

オオバコ科の多年草。青紫色の小花を穂状に多数つける。

5音　**浜蓮華《はまれんげ》**

花蓴菜　はなじゅんさい　三夏　⇩浅沙《あさざ》（46頁）

蓴の花　ぬなわのはな　ぬなはのはな　三夏　⇩蓴菜《じゅんさい》（97頁）

7音の季語

7音　時候

竹笋生ず　たけのこしょうず　たけのこしやうず　初夏

七十二候（日本）で五月一五日頃から約五日間。

紅花栄ふ　べにばなさかう　べにばなさかふ　初夏

七十二候（日本）で五月二六日頃から約五日間。

麦秋至る　ばくしゅういたる　ばくしういたる　初夏

七十二候（日本）で五月三一日頃から約五日間。

8音 **麦秋至《むぎのときいた》る**

蟷螂生ず　とうろうしょうず　たうらうしやうず　仲夏

二十四節気で六月五日頃から約五日間。

梅子黄ばむ　うめのみきばむ　仲夏

七十二候（日本）で六月一五日頃から約五日間。

鹿の角解つ　しかのつのおつ　仲夏

七十二候（中国）で六月二一日頃から約五日間。

菖蒲華さく　あやめはなさく　仲夏

七十二候（日本）で六月二六日頃から約五日間。

温風至る　おんぷういたる　をんぷういたる　晩夏

七十二候で七月七日頃から約五日間。

温風至る　あつかぜいたる　晩夏　⇨温風至る

夏の暁　なつのあかつき　三夏　⇩夏暁《なつあかつき》（152頁）

土用三郎　どようさぶろう　どようさぶらう　晩夏　⇩土用

（21頁）

土用の第三日。

7音　天文

坂東太郎　ばんどうたろう　ばんどうたらう　三夏　⇩雲の峰

（101頁）

筍流し　たけのこながし　初夏
筍《たけのこ》が出る頃に吹く南風。

卯の花腐し　うのはなくたし　初夏
卯の花が咲く五月頃に降り続く雨。
例 旅の髪洗ふ卯の花腐しかな　小林康治

卯の花降し　うのはなくだし　初夏　⇨卯の花腐し

梅雨前線　ばいうぜんせん　仲夏　⇩梅雨《つゆ》（10頁）

卯の花曇　うのはなぐもり　初夏　⇩卯月曇《うづきぐもり》（154頁）

7音 地理

夏の湖　なつのみずうみ　なつのみづうみ　三夏
5音 **夏《なつ》の湖《うみ》　夏《なつ》の沼《ぬま》　夏《なつ》の池《いけ》**

7音 生活

蟬の羽衣　せみのはごろも　晩夏　⇩羅《うすもの》（55頁）

縮帷子　ちぢみかたびら　三夏　⇩縮《ちぢみ》（26頁）

海水パンツ　かいすいパンツ　三夏　⇩水着（26頁）
例 父既に海水パンツ穿く朝餉　太田うさぎ

麦稈帽子　むぎわらぼうし　三夏　⇩夏帽子（108頁）

流し索麺　ながしそうめん　ながしさうめん　三夏　⇩冷索麺《ひやそうめん》（155頁）
例 長途ある流し素麺なほ走る　阿波野青畝

茄子の鴫焼　なすのしぎやき　三夏　⇩鴫焼《しぎやき》（57頁）

アイスコーヒー　三夏

冷し珈琲　ひやしこーひー　三夏　⇨アイスコーヒー

コールコーヒー　三夏　⇨アイスコーヒー

レモンスカッシュ　三夏　⇩レモン水（110頁）

アイスキャンデー　三夏　⇩氷菓《ひょうか》（27頁）

アイスクリーム　三夏
例 わが影にアイスクリームこぼれをり　山口優夢
4音 **ジェラート**

心太突き　ところてんつき　三夏　⇩心太《ところてん》（110頁）

納豆製す　なっとうせいす　晩夏

9音　**大徳寺納豆**《だいとくじなっとう》

納豆つくる　なっとうつくる　晩夏　⇨納豆製す

奈良漬製す　ならづけせいす　晩夏

奈良漬つくる　ならづけつくる　晩夏　⇨奈良漬製す

蠅捕リボン　はえとりりぼん　はへとりりぼん　三夏　⇩蠅取紙《はえとりがみ》（157頁）

例　蠅取りリボンきらめく運河べりの家　沢木欣一

蚊取線香　かとりせんこう　かとりせんかう　三夏　⇩蚊遣《かやり》（29頁）

南部風鈴　なんぶふうりん　三夏　⇩風鈴（61頁）

回り灯籠　まわりどうろう　まはりどうろう　三夏　⇩走馬灯（114頁）

蒼朮を焚く　そうじゅつをたく　さうじゆつをたく　仲夏

キク科の多年草、朮《おけら》の根を乾燥させたものを室内で焚き、湿気や黴を防ぐこと。

例　鬱々と蒼朮を焚くいとまかな　飯田蛇笏

蒼朮を焼く　そうじゅつをやく　さうじゆつをやく　仲夏　⇨蒼朮を焚く

5音　**をけら焚《た》く**

木の枝払ふ　きのえだはらう　きのえだはらふ　三夏

庭木などの繁茂した枝葉を伐り、風通しや日当たりをよくすること。

水中眼鏡　すいちゅうめがね　三夏

5音　**水眼鏡**《みずめがね》

ビーチサンダル　晩夏　⇩海水浴（158頁）

ビーチパラソル　晩夏　⇩砂日傘（117頁）

水上スキー　晩夏

新内ながし　しんないながし　仲夏　⇩ながし（31頁）

打揚花火　うちあげはなび　晩夏　⇩花火（31頁）

線香花火　せんこうはなび　せんかうはなび　晩夏

4音　**手花火**《てはなび》

6音　ねずみ花火《はなび》

野外演奏　やがいえんそう　やぐわいえんそう　晩夏

納涼映画　のうりょうえいが　なふりやうえいぐわ　晩夏　⇩野外映画（158頁）

百物語　ひゃくものがたり　晩夏
怪談を語り合う遊び。

4音　幽霊《ゆうれい》

7音　行事

バードウイーク　初夏　⇩愛鳥週間（189頁）

時の記念日　ときのきねんび　仲夏
六月一〇日。六七一年のこの日、日本で初めて時計（水時計）が時を知らせたことを記念して。

4音　時《とき》の日《ひ》

海の記念日　うみのきねんび　晩夏　⇩海の日（68頁）

端午の節句　たんごのせっく　初夏　⇩端午《たんご》（33頁）

五月の節句　ごがつのせっく　ごぐわつのせつく　初夏　⇩端午（同右）

菖蒲の節句　あやめのせっく　初夏　⇩端午（同右）

菖蒲の節会　あやめのせちえ　あやめのせちゑ　初夏　⇩端午（同右）

五月人形　さつきにんぎょう　さつきにんぎやう　初夏　⇩武者人形（159頁）

薪猿楽　たきぎさるがく　初夏　⇩薪能《たきぎのう》（120頁）

黒船祭　くろふねまつり　初夏
五月第三金曜日から三日間、下田市でペリー来訪（一八五三年）を記念して行われる祭事。

5音　ペリー祭《さい》

くらやみ祭　くらやみまつり　初夏
東京都府中市の大國魂《おおくにたま》神社の祭礼。四月三〇日から五月六日まで。

浅草祭　あさくさまつり　初夏　⇩三社祭《さんじゃまつり》（160頁）

御田植祭　おたうえまつり　おたうゑまつり　初夏　⇩御田植《おたうえ》
（68頁）

名越の祓　なごしのはらえ　なごしのはらへ　晩夏
旧暦六月の最終日に罪や穢を払う神事。
3音 **夏越《なごし》**
5音 **夏祓《なつはらえ》**

祇園御霊会　ぎおんごりょうえ　ぎをんごりやうゑ　晩夏　⇩
祇園祭《ぎおんまつり》（160頁）

天神祭　てんじんまつり　晩夏
七月二五日、大阪・天満宮の祭事。大川（旧淀川）での「船渡御」など大掛かりな行事が多い。
4音 **船渡御《ふなとぎょ》**
5音 **船祭《ふなまつり》**
6音 **天満祭《てんままつり》**
8音 **天満《てんま》の御祓《おはらえ》**
9音 **鉾流《ほこながし》の神事《しんじ》**

十王詣　じゅうおうもうで　じふわうまうで　晩夏　⇩閻魔参《えんままいり》
（161頁）

澄江堂忌　ちょうこうどうき　ちようかうだうき　晩夏　⇩
河童忌《かっぱき》（70頁）

潤一郎忌　じゅんいちろうき　じゆんいちらうき　晩夏　⇩谷崎忌（122頁）

蟬丸祭　せみまるまつり　仲夏　⇩蟬丸忌《せみまるき》（124頁）

7音　動物

鹿の若角　しかのわかづの　初夏　⇩袋角《ふくろづの》（124頁）

森青蛙　もりあおがえる　もりあをがへる　三夏　⇩青蛙《あおがえる》（124頁）

蛇衣を脱ぐ　へびきぬをぬぐ　仲夏
4音 **蛇衣《へびきぬ》**
5音 **蛇《へび》の衣《きぬ》**　**蛇《へび》の殻《から》**
6音 **蛇《へび》の蛻《もぬけ》**

蛇皮を脱ぐ　へびかわをぬぐ　へびかはをぬぐ　仲夏　⇨蛇

衣を脱ぐ

蛇の脱け殻　へびのぬけがら　仲夏　⇨蛇衣を脱ぐ

鷹の塒入　たかのとやいり　初夏
換羽期の鷹が塒《とや》（鳥屋《とや》）に入り餌をあまり食べなくなる状態。
4音 **塒鷹《とやだか》**　**箸鷹《はしたか》**
5音 **鳥屋籠《とやごもり》**
8音 **鷹《たか》の塒籠《とやごもり》**

毛を替ふる鷹　けをかうるたか　けをかふるたか　初夏　⇨鷹の塒入

深山翡翠　みやましょうびん　三夏　⇩赤翡翠《あかしょうびん》（162頁）

目細虫喰　めぼそむしくい　めぼそむしくひ　三夏　⇩眼細《めぼそ》（35頁）

源五郎鮒　げんごろうぶな　げんごらうぶな　三夏
最大五〇センチにもなる大型の鮒。琵琶湖・淀川水系の固有種。
5音 **堅田鮒《かただぶな》**

城下鰈　しろしたがれい　しろしたがれひ　三夏
大分県日出町《ひじまち》で獲れる真子鰈《まこがれい》。味が良く、江戸時代から珍重されてきた。

赤舌鮃　あかしたびらめ　三夏　⇩舌鮃《したびらめ》（129頁）

幽霊海月　ゆうれいくらげ　いうれいくらげ　三夏　⇩海月《くらげ》（39頁）

行燈海月　あんどんくらげ　三夏　⇩海月（同右）

越前水母　えちぜんくらげ　ゑちぜんくらげ　三夏　⇩海月（同右）

天草水母　あまくさくらげ　三夏　⇩海月（同右）

青筋揚羽／青条揚羽　あおすじあげは　あをすぢあげは　三夏　⇩揚羽蝶（130頁）

茶の葉捲虫　ちゃのはまきむし　三夏　⇩葉捲虫《はまきむし》（131頁）

蛍合戦　ほたるがっせん　仲夏　⇩蛍（39頁）
交尾のために多数の蛍が飛び交うこと。

虎斑天牛　とらふかみきり　晩夏　⇩天牛《かみきり》（79頁）

蟬の脱殻　せみのぬけがら　晩夏　⇩空蟬《うつせみ》（80頁）

源五郎虫　げんごろうむし　げんごらうむし　三夏　⇩源五郎（132頁）

灯心蜻蛉　とうしんとんぼ　三夏　⇩糸蜻蛉《いととんぼ》（132頁）

とうすみ蜻蛉　とうすみとんぼ　三夏　⇩糸蜻蛉（同右）

とうしみ蜻蛉　とうしみとんぼ　三夏　⇩糸蜻蛉（同右）

鉄漿蜻蛉　おはぐろとんぼ　三夏　⇩川蜻蛉《かわとんぼ》（132頁）

かねつけ蜻蛉　かねつけとんぼ　三夏　⇩川蜻蛉（同右）

蟷螂生る　とうろううまる　たうらううまる　仲夏

5音 **子蟷螂《こかまきり》**

6音 **蟷螂《とうろう》の子《こ》**

蟷螂生る　かまきりうまる　仲夏　⇨蟷螂生る

薄翅蜉蝣　うすばかげろう　うすばかげろふ　晩夏

体長三センチ強で、透明で軟らかい翅をもつ。

蟻の門渡り　ありのとわたり　三夏　⇩蟻（16頁）

水蠟蠟虫　いぼたろうむし　いぼたらうむし　三夏

水蠟《いぼた》の木などに寄生するカイガラムシの一種。雄は蠟を分泌する。

孫太郎虫　まごたろうむし　まごたらうむし　三夏

蛇蜻蛉《へびとんぼ》の幼虫。体長約五センチで川底などに棲む。

7音　植物

桜実となる　さくらみとなる　仲夏　⇩桜の実（134頁）

野茨の花　のいばらのはな　初夏　⇩茨《いばら》の花（166頁）

橘の花　たちばなのはな　仲夏

ミカン科の常緑低木。白い五弁花で香りが高い。

5音 **常世花《とこよばな》**

6音 **花橘《はなたちばな》**

白さるすべり　しろさるすべり　仲夏　⇩百日紅《さるすべり》（135頁）

梔子の花　くちなしのはな　仲夏

アカネ科の常緑低木。六弁花で、咲き始めの白から次第に淡黄色に変わる。

箱根卯の花　はこねうのはな　仲夏　⇩箱根《はこね》空木《うつぎ》の花（194頁）

橡の木の花　とちのきのはな　初夏　⇩橡《とち》の花（135頁）

南天の花　なんてんのはな　仲夏

メギ科の常緑低木。白の六弁花を円錐状につける。

6音　**花南天《はななんてん》**

凌霄花　のうぜんかずら　のうぜんかづら　晩夏

蔓性の落葉樹。花は花径約七センチで橙黄色、漏斗形。

4音　**凌霄《のうぜん》**

琉球木槿　りゅうきゅうむくげ　りうきうむくげ　晩夏　⇩仏《ぶっ》桑花《そうげ》（135頁）

橙の花　だいだいのはな　初夏

橙（晩秋）は五月頃、白い五弁花をつける。

九年母の花　くねんぼのはな　初夏

九年母（晩秋）は今はあまり見られない柑橘類。五月頃、白く小さな五弁花をつける。

香橙の花　こうとうのはな　かうたうのはな　初夏　⇨九年母の花

金柑の花　きんかんのはな　仲夏

金柑（晩秋）の花は白い五弁。秋にも咲くが、季語としては仲夏。

仏手柑の花　ぶしゅかんのはな　初夏

仏手柑（晩秋）の花は五月頃、紫がかった五弁花。

文旦の花　ぶんたんのはな　初夏　⇩朱欒《ざぼん》の花（167頁）

オリーブの花　オリーブのはな　仲夏

モクセイ科の常緑高木。白い小花が密生して咲く。「オリーブの実」は晩秋の季語。

氷室の桜　ひむろのさくら　晩夏

夏でも雪の残る高所に咲く桜。

6音　**氷室《ひむろ》の花《はな》**

常盤木若葉　ときわぎわかば　ときはぎわかば　初夏

常緑樹の若葉の総称。

卯の花月夜　うのはなづきよ　初夏　⇩卯《う》の花（86頁）

若葉の楓　わかばのかえで　わかばのかへで　初夏　⇩若楓《わかかえで》
（138頁）

常盤木落葉　ときわぎおちば　ときはぎおちば　初夏

松や杉などの常緑樹で、新しい葉が出たあとに古い葉が落ちること。

5音 **夏落葉《なつおちば》**

百合の木の花　ゆりのきのはな　初夏

モクレン科の落葉高木。花径約六センチの碗状の花が上向きに咲く。黄緑色の花弁の根元に橙色の斑紋が入る。

8音 **蓮華木《れんげぼく》の花《はな》**
9音 **半纏木《はんてんぼく》の花《はな》　鬱金香樹《うこんこうじゅ》の花《はな》　軍配木《ぐんばいぼく》の花《はな》**
11音 **チューリップツリーの花《はな》**

山桑の花　やまぐわのはな　やまぐはのはな　晩夏　⇩山法師の花（191頁）

忍冬の花　にんどうのはな　初夏　⇩忍冬《すいかずら》の花（191頁）

アカシアの花　あかしあのはな　初夏

一般にアカシアと呼ばれているのは針槐《はりえんじゅ》。白い蝶形の花が多数つき、長い房状になる。

6音 **花《はな》アカシア**
8音 **針槐《はりえんじゅ》の花《はな》**
9音 **ニセアカシアの花《はな》**

大山蓮華／天女花　おおやまれんげ　おほやまれんげ　初夏

モクレン科の落葉低木。九枚から一二枚の白い花弁。

6音 **深山蓮華《みやまれんげ》**

小林檎の花　こりんごのはな　初夏　⇩棯《ずみ》の花《はな》（139頁）

栴檀の花　せんだんのはな　初夏　⇩楝《おうち》の花（168頁）

木斛の花　もっこくのはな　もくこくのはな　仲夏

古くからの庭木。花径約二センチで白から黄色へ変化。

木天蓼の花／天蓼の花　またたびのはな　仲夏

蔓性落葉樹。約二センチの白い五弁花が下向きに咲く。

夏梅の花　なつうめのはな　仲夏　⇨木天蓼の花

山苣の花　やまぢさのはな　仲夏　⇩えごの花（139頁）

ねむり木の花　ねむりぎのはな　晩夏　⇩合歓《ねむ》の花（139頁）

絨花樹の花　じゅうかじゅのはな　じゆうくわじゆのはな　晩夏　⇩合歓の花（同右）

菩提樹の花　ぼだいじゅのはな　仲夏
アオイ科の落葉高木。黄褐色の五弁花を多数咲かせる。
6音 **菩提《ぼだい》の花《はな》**

姫沙羅の花　ひめしゃらのはな　晩夏　⇩沙羅《しゃら》の花（140頁）

糊の木の花　のりのきのはな　晩夏　⇩さびたの花（169頁）

ブーゲンビリア　三夏
南米原産。沖縄に多く見られる。オシロイバナ科の蔓性低木。花色は白や赤など様々。

竹の皮脱ぐ　たけのかわぬぐ　たけのかはぬぐ　初夏
竹は皮を脱ぎながら成長する。

竹皮を脱ぐ　たけかわをぬぐ　たけかはをぬぐ　初夏　⇨竹の皮脱ぐ

竹の皮散る　たけのかわちる　たけのかはちる　初夏　⇨竹の皮脱ぐ

西洋あやめ　せいようあやめ　せいやうあやめ　仲夏　⇩アイリス（87頁）

阿蘭陀菖蒲　おらんだしょうぶ　おらんだしやうぶ　晩夏　⇩グラジオラス（169頁）

阿蘭陀あやめ　おらんだあやめ　晩夏　⇩グラジオラス（同右）

花の宰相　はなのさいしょう　はなのさいしやう　初夏　⇩芍薬《しゃくやく》（87頁）

天竺牡丹　てんじくぼたん　てんぢくぼたん　晩夏　⇩ダリア（43頁）

ポンポンダリア　晩夏　⇩ダリア（同右）

天竺葵　てんじくあおい　てんぢくあふひ　三夏　⇩ゼラニューム（142頁）

マリーゴールド　晩夏

キク科の一年草。花径約三センチで色は様々。
5音 万寿菊《まんじゅぎく》　千寿菊《せんじゅぎく》
6音 紅黄草《こうおうそう》

桔梗撫子　ききょうなでしこ　ききやうなでしこ　初夏　⇩フロックス（142頁）

阿蘭陀海芋　おらんだかいう　初夏　⇩海芋《かいう》（43頁）

仙人掌の花　さぼてんのはな　晩夏

鉄線の花　てっせんのはな　初夏
キンポウゲ科の蔓性多年草。白または薄紫の六弁花。
4音 鉄線《てっせん》
5音 鉄線花《てっせんか》　**クレマチス**

鉄線葛　てっせんかずら　てつせんかづら　初夏　⇨鉄線の花

茴香の花　ういきょうのはな　ういきやうのはな　仲夏
セリ科の多年草ハーブ。黄色の小花を多数つける。
4音 フェンネル
5音 呉《くれ》の母《おも》　茴香子《ういきょうし》　魂香花《こんこうか》

玉巻く芭蕉　たままくばしょう　たままくばせう　初夏
芭蕉のまだ巻いた状態の新葉。
5音 青芭蕉《あおばしょう》　夏芭蕉《なつばしょう》
6音 芭蕉若葉《ばしょうわかば》

芭蕉の巻葉　ばしょうのまきは　ばせうのまきは　初夏　⇨玉巻く芭蕉

玉解く芭蕉　たまとくばしょう　たまとくばせう　初夏　⇨玉巻く芭蕉

くちなはいちご　くちなわいちご　初夏　⇩蛇苺《へびいちご》（144頁）

瓢簞の花　ひょうたんのはな　へうたんのはな　晩夏　⇩瓢《ひさご》の花（171頁）

馬鈴薯の花　じゃがいものはな　初夏
ナス科の一年草。花は白また薄紫色。花の中心は黄色。
例 馬鈴薯の花の頃なる弥勒かな　岸本尚毅

じやがたらの花　じゃがたらのはな　初夏　⇨馬鈴薯の花

馬鈴薯の花　ばれいしょのはな　初夏　⇨馬鈴薯の花

蒟蒻の花　こんにゃくのはな　初夏
サトイモ科の多年草。花はラッパ状の苞葉の中に円錐状の花穂が立つ。

グリーンピース　初夏　⇩豌豆《えんどう》（89頁）

とまり筍　とまりたけのこ　初夏　⇩筍《たけのこ》（90頁）
成長の止まった筍。

プリンスメロン　晩夏　⇩メロン（44頁）

アンデスメロン　晩夏　⇩メロン（同右）

夕張メロン　ゆうばりめろん　ゆふばりめろん　晩夏　⇩メロン（同右）

青唐辛子／青蕃椒　あおとうがらし　あをたうがらし　晩夏
唐辛子（三秋）のまだ青いもの。
6音　**葉《は》唐辛子《とうがらし》**

唐黍の花　とうきびのはな　たうきびのはな　晩夏　⇩玉蜀黍《とうもろこし》の花（195頁）

南蛮の花　なんばんのはな　晩夏　⇩玉蜀黍の花（同右）

名の草茂る　なのくさしげる　三夏　⇩草茂る（146頁）

夏草茂る　なつくさしげる　三夏　⇩草茂る（同右）

擬宝珠の花　ぎぼうしのはな　仲夏
山地の湿地などに自生する多年草。蕾が擬宝珠《ぎぼし》に似ていることから。白や淡紫色の花が多数咲く。
4音　**擬宝珠《ぎぼうし》**
5音　**花擬宝珠《はなぎぼし》**
6音　**玉簪花《たまぎぼうし》**
8音　**高麗擬宝珠《こうらいぎぼうし》**

虎杖の花　いたどりのはな　晩夏
タデ科の多年草。白い小花が密生して咲く。
例　虎杖の花に行燈《あんどん》あいまい屋　富安風生
6音　**紅虎杖《べにいたどり》**
9音　**明月草《めいげつそう》の花《はな》**

羊蹄の花　ぎしぎしのはな　仲夏
タデ科の多年草。丈は一メートル前後と高く、黄緑色の小花を房状につける。

3音 **羊蹄根《しのね》**

4音 **しぶぐさ**

5音 **野大黄《のだいおう》**

羊蹄根大根　しのねだいこん　仲夏　⇨羊蹄の花

車前草の花／大葉子の花　おおばこのはな　おほばこのはな　初夏

空き地や道端に自生。白い小花を穂状につける。

8音 **車前草《しやぜんそう》の花《はな》**

破れ菅笠　やぶれすげがさ　仲夏　⇩破れ傘（149頁）

半夏生草　はんげしょうそう　はんげしやうさう　仲夏　⇩半夏生《はんげしょう》（150頁）

泡盛升麻　あわもりしょうま　仲夏　⇩泡盛草《あわもりそう》（174頁）

エーデルワイス　晩夏　⇩薄雪草《うすゆきそう》（175頁）

白山一花　はくさんいちげ　晩夏

キンポウゲ科の高山植物。花弁に見えるのは白い萼片《がくへん》。

水草の花　みずくさのはな　みづくさのはな　三夏

睡蓮（94頁）や布袋葵（170頁）など水生植物の花の総称。

萍の花　うきくさのはな　三夏　⇩萍《うきくさ》（96頁）

心太草　ところてんぐさ　三夏　⇩天草《てんぐさ》（97頁）

8音の季語

8音　時候

麦秋至る　むぎのときいたる　⇩麦秋《ばくしゅう》至《いた》る（176頁）

鵙始めて鳴く　もずはじめてなく　仲夏
七十二候（中国）で六月一〇日頃から約五日間。

反舌声無し　はんぜつこえなし　はんぜつこゑなし　仲夏
七十二候（中国）で六月一五日頃から約五日間。反舌は百舌《もず》のこと。

蟬始めて鳴く　せみはじめてなく　仲夏
七十二候（中国）で六月二六日頃から約五日間。

8音　天文

南十字星　みなみじゅうじせい　みなみじふじせい　初夏
6音 **サザンクロス**

虎が涙雨　とらがなみだあめ　仲夏　⇩虎《とら》が雨《あめ》（103頁）

8音　生活

粕取焼酎　かすとりしょうちゅう　かすとりせうちう　三夏
⇩焼酎（58頁）

昆虫採集　こんちゅうさいしゅう　こんちゆうさいしふ　晩夏
⇩捕虫網《ほちゅうあみ》（118頁）

林間学校　りんかんがっこう　りんかんがくかう　晩夏

臨海学校　りんかいがっこう　りんかいがくかう　晩夏

8音　行事

愛鳥週間　あいちょうしゅうかん　あいてうしうかん　初夏
五月一〇日から一六日まで。
5音 **愛鳥日《あいちょうび》**

6音 バードウィーク

7音 バードウイーク

御柱祭 おんばしらまつり　初夏
長野県諏訪大社で申年と寅年の四月上旬から五月上旬にかけて行われる大祭。

4音 木《き》落《おと》し

5音 御柱《おんばしら》

鍋冠祭 なべかぶりまつり　初夏　⇩筑摩祭《つくままつり》（160頁）

天満の御祓 てんまのおはらえ　てんまのおはらへ　晩夏　⇩天神祭《てんじんまつり》（180頁）

千団子祭 せんだんごまつり　初夏　⇩千団子《せんだんご》（122頁）

千団子詣 せんだんごもうで　せんだんごまうで　初夏　⇩千団子（同右）

鬼子母神参 きしぼじんまいり　きしぼじんまゐり　初夏　⇩千団子（同右）

閻魔の斎日 えんまのさいにち　晩夏　⇩閻魔参《えんままいり》（161頁）

8音　動物

鹿の袋角 しかのふくろづの　初夏　⇩袋角《ふくろづの》（124頁）

富士山椒魚 ふじさんしょううお　ふじさんせううを　三夏　⇩山椒魚《さんしょううお》（162頁）

鷹の塒籠 たかのとやごもり　初夏　⇩鷹《たか》の塒入《とやいり》（181頁）

鷹羽を習ふ たかはねをならう　たかはねをならふ　晩夏　⇩鷹羽遣《たかはねづか》ひを習《なら》ふ（197頁）

長刀酸漿 なぎなたほおずき　なぎなたほほづき　三夏　⇩海酸漿《うみほおずき》（163頁）

軍配酸漿 ぐんばいほおずき　ぐんばいほほづき　三夏　⇩海酸漿（同右）

南京酸漿 なんきんほおずき　なんきんほほづき　三夏　⇩海酸漿（同右）

ごまだら天牛 ごまだらかみきり　晩夏　⇩天牛《かみきり》（79頁）

白条天牛 しろすじかみきり　しろすぢかみきり　晩夏　⇩天

牛（同右）

瑠璃星天牛　るりぼしかみきり　晩夏　⇩天牛（同右）

8音　植物

泰山木蓮　たいさんもくれん　初夏　⇩泰山木《たいざんぼく》の花（194頁）

西洋橡　せいようとちのき　せいやうとちのき　初夏　⇩マロニエ（84頁）

夏蜜柑の花　なつみかんのはな　初夏
晩春から初夏に実る夏蜜柑（137頁）は収穫期に細長い蕾《つぼみ》を出し、白い五弁花を開く。

蓮華木の花　れんげぼくのはな　初夏　⇩百合《ゆり》の木《き》の花（184頁）

山法師の花　やまぼうしのはな　やまぼふしのはな　晩夏
ミズキ科の落葉高木。白い花弁に見えるのは四枚の苞葉で、その中に淡黄緑色の小花が球状に密集。
7音　山桑《やまぐわ》の花《はな》

忍冬の花／吸葛の花　すいかずらのはな　すひかづらのはな　初夏
蔓性常緑樹。細い筒状の花弁は白から黄色に変わる。奥の蜜を子どもが吸ったことからこの名。
5音　金銀花《きんぎんか》
7音　忍冬《にんどう》の花《はな》

針槐の花　はりえんじゅのはな　はりゑんじゆのはな　初夏
⇩アカシアの花（184頁）

糊空木の花　のりうつぎのはな　晩夏　⇩さびたの花（169頁）

竹の若緑　たけのわかみどり　仲夏　⇩若竹《わかたけ》（87頁）

緋衣サルビア　ひごろもサルビア　晩夏　⇩サルビア（87頁）

阿蘭陀石竹　おらんだせきちく　初夏　⇩カーネーション（170頁）

阿蘭陀撫子　おらんだなでしこ　初夏　⇩カーネーション（同右）

虫取撫子　むしとりなでしこ　仲夏
ナデシコ科の一年草。紅色で五弁の小花をつける。茎の粘液に虫が付着するのでこの名。

5音　小町草《こまちそう》

蠅取撫子　はえとりなでしこ　はへとりなでしこ　仲夏　⇨虫取撫子

狐の手袋　きつねのてぶくろ　三夏　⇩ジギタリス（143頁）

衝羽根朝顔　つくばねあさがお　つくばねあさがほ　三夏　⇩
ペチュニア（89頁）

孟宗竹の子　もうそうちくのこ　まうそうちくのこ　初夏　⇩
筍《たけのこ》（90頁）

黄金甜瓜　こがねまくわうり　こがねまくはうり　晩夏　⇩
甜瓜《まくわうり》（144頁）

朝鮮朝顔　ちょうせんあさがお　てうせんあさがほ　晩夏
ナス科の一年草。長さ一五センチに及ぶ漏斗状の白い花が咲く。毒性があり、古くは薬用にされた。

3音　ダチュラ

4音　喇叭花《らっぱか》

5音　曼荼羅華《まんだらげ》　闘陽花《とうようか》　万桃花《まんとうか》

高麗擬宝珠　こうらいぎぼうし　かうらいぎぼうし　仲夏　⇩
擬宝珠《ぎぼうし》の花（187頁）

車前草の花　しゃぜんそうのはな　しやぜんさうのはな　初夏
⇩車前草《おおばこ》の花（188頁）

狐の豌豆　きつねのえんどう　きつねのゑんどう　初夏　⇩
都草《みやこぐさ》（149頁）

烏瓜の花　からすうりのはな　晩夏
白い花弁の先が紐状に伸び、レースのように広がる。

9音の季語

9音 時候

蛙始めて鳴く かわずはじめてなく かはずはじめてなく 初夏

七十二候（日本）で五月五日頃から約五日間。

腐草蛍と為る ふそうほたるとなる ふさうほたるとなる 仲夏

七十二候（中国）で大暑の初候（七月二三日頃からの五日間）。七十二候（日本）では芒種の第二候（六月一〇日頃からの五日間）。夏草が腐って蛍になるの意。

例 あなたきつとわすれる腐草螢になる 上田信治

乃東枯るる なつかれくさかるる 仲夏

七十二候（日本）で六月二一日頃から約五日間。

蟋蟀壁に居る しっしゅつかべにおる しっしゅつかべにをる 晩夏

七十二候（中国）で七月一二日頃から約五日間。蟋蟀《しつしゅつ》は蟋蟀《こおろぎ》のこと。

蓮始めて開く はすはじめてひらく 晩夏

七十二候（日本）で七月一二日頃から約五日間。

9音 生活

大徳寺納豆 だいとくじなっとう 晩夏 ⇩納豆製す（178頁）

9音 行事

沖縄慰霊の日 おきなわいれいのひ おきなはゐれいのひ 仲夏

六月二三日。太平洋戦争末期、一九四五年のこの日、沖縄での地上戦で戦没した人々の慰霊の日。

鉾流の神事 ほこながしのしんじ 晩夏 ⇩天神祭《てんじんまつり》（180頁）

四万六千日 しまんろくせんにち 晩夏

七月一〇日、観世音菩薩と縁を結ぶ日でこの日の参詣

9音

は四万六千日ぶんと同じ功徳があるとされる。

6音 **十日詣《とおかまいり》**

関明神祭　せきのみょうじんさい　せきのみやうじんさい　仲夏　⇩蟬丸忌《せみまるき》（124頁）

9音　動物

箱根山椒魚　はこねさんしょううお　はこねさんせううを　三夏　⇩山椒魚《さんしょううお》（162頁）

阿蘭陀獅子頭　おらんだししがしら　三夏　⇩金魚（37頁）

例　死ぬときも派手に和蘭陀獅子頭　櫂未知子

9音　植物

箱根空木の花　はこねうつぎのはな　仲夏

落葉広葉樹で釣鐘状の花が白から赤に変化する。

7音 **箱根《はこね》卯《う》の花《はな》**

錦空木の花　にしきうつぎのはな　仲夏　⇨箱根空木の花

泰山木の花／大山木の花　たいさんぼくのはな　初夏

モクレン科の常緑高木。花は白く大ぶりの碗状。

8音 **泰山木蓮《たいさんもくれん》**

ハンカチノキの花　はんかちのきのはな　初夏

ミズキ科の落葉高木。花は白い二枚の苞葉から成る。

半纏木の花　はんてんぼくのはな　初夏　⇩百合《ゆり》の木《き》の花（184頁）

鬱金香樹の花　うこんこうじゅのはな　うこんかうじゆのはな　初夏　⇩百合の木の花（同右）

軍配木の花　ぐんばいぼくのはな　初夏　⇩百合の木の花（同右）

一つ葉田子の花　ひとつばたごのはな　初夏

モクセイ科の落葉高木。白く細い花が多数つく。

11音 **なんぢやもんぢやの木《き》の花《はな》**

ニセアカシアの花　ニセアカシアのはな　初夏　⇩アカシアの花（184頁）

姫海棠の花　ひめかいどうのはな　ひめかいだうのはな　初夏

⇩桷《ずみ》の花《はな》（139頁）

定家葛の花　ていかかずらのはな　ていかかづらのはな　仲夏

キョウチクトウ科の蔓性常緑樹。花径約二センチで白から淡黄色に変化。ジャスミンに似た香りを放つ。

10音 **真拆《まさき》の葛《かずら》の花《はな》**

阿蘭陀水葵　おらんだみずあおい　おらんだみづあふひ　晩夏

⇩布袋葵《ほていあおい》（170頁）

アスパラガスの花　晩夏

アスパラガス（晩春）の花は小さく黄白色。

玉蜀黍の花　とうもろこしのはな　たうもろこしのはな　晩夏

玉蜀黍（仲秋）は穂状の雄花が多数伸び、雌花は赤く細い糸の束のように咲く。

7音 **唐黍《とうきび》の花《はな》**　**南蛮《なんばん》の花《はな》**

明月草の花　めいげつそうのはな　めいげつさうのはな　晩夏

⇩虎杖《いたどり》の花（187頁）

10音以上の季語

10音 行事

洗者聖ヨハネ祭　せんじゃせいよはねさい　仲夏
六月二四日、イエスに洗礼を施したヨハネの誕生を祝う祭。

聖霊降臨祭　せいれいこうりんさい　せいれいかうりんさい　仲夏
キリスト教の信徒に聖霊が降臨したのを記念する祝祭。復活祭から七番目の日曜日。

10音 動物

雀の小便担桶　すずめのしょうべんたご　すずめのせうべんたご　三夏　⇩雀《すずめ》の担桶《たご》（164頁）

鶯の落し文　うぐいすのおとしぶみ　うぐひすのおとしぶみ
三夏　⇩落《おと》し文《ぶみ》（131頁）
落し文の巣を鶯が落としたと見てこの名。

10音 植物

三葉海棠の花　みつばかいどうのはな　みつばかいだうのはな
初夏　⇩桷《ずみ》の花《はな》（139頁）

真拆の葛の花　まさきのかずらのはな　まさきのかづらのはな
仲夏　⇩定家《ていか》葛《かずら》の花《はな》（195頁）

西洋鋸草　せいようのこぎりそう　せいやうのこぎりさう　仲夏　⇩鋸草《のこぎりそう》（174頁）

11音 時候

鷹乃ち学習す　たかすなわちがくしゅうす　たかすなはちがくしふす　晩夏

七十二候で七月一九日頃から約五日間。

12音

鷹乃学習《たかすなわちわざをならう》

土潤ひて溽暑す　つちうるおいてじょくしょす　つちうるほひてじよくしよす　晩夏

七十二候（中国）で七月二八日頃から約五日間。

大雨時行ふ　たいうときどきおこなう　たいうときどきおこなふ　晩夏

七十二候で八月二日頃から約五日間。

11音　行事

黄檗山開山忌　おうばくさんかいざんき　わうばくさんかいざんき　初夏　⇩隠元忌《いんげんき》（123頁）

11音　動物

鷹羽遣ひを習ふ　たかはねづかいをならう　たかはねづかひをならふ　晩夏

鷹狩の鷹に羽遣いを覚えさせること。

8音

鷹羽《たかはね》を習《なら》ふ

鷹羽遣ひを学ぶ　たかはねづかいをまなぶ　たかはねづかひをまなぶ　晩夏　⇨鷹羽遣ひを習ふ

時鳥の落し文　ほととぎすのおとしぶみ　三夏　⇩落《おと》し文《ぶみ》（131頁）

落し文の巣を時鳥が落としたと見てこの名。

11音　植物

チューリップツリーの花　初夏　⇩百合《ゆり》の木《き》の花（184頁）

なんぢやもんぢやの木の花　なんじやもんじやのきのはな　なんぢやもんぢやのきのはな　初夏　⇩一《ひと》つ葉《ば》田子《たご》の花（194頁）

12音　時候

蚕起て桑を食らふ　かいこおきてくわをくらう　かひこおき

てくはをくらふ　初夏

七十二候（日本）で五月二一日頃から約五日間。

桐始めて花を結ぶ　きりはじめてはなをむすぶ　晩夏

七十二候（日本）で七月二三日頃から約五日間。

鷹乃学習　たかすなわちわざをならう　たかすなはちわざをならふ　晩夏　⇩鷹乃《たかすなわ》ち学習《がくしゅう》す（196頁）

13音　植物

黒実の鶯神楽の実　くろみのうぐいすかぐらのみ　くろみのうぐひすかぐらのみ　三夏

スイカズラ科の落葉低木。実は黒紫色で円錐形。食用としては「ハスカップ」の名が知られる。

5音

ハスカップ

主要季語索引

え

お

か

き

さ

し

す

せ

そ

た

ち

つ

て

と

な

ひ

ふ

へ

ほ

ま

み

む

め

も

や

ゆ

監修者略歴
岸本尚毅（きしもと・なおき）

俳人。1961年岡山県生まれ。『「型」で学ぶはじめての俳句ドリル』『ひらめく！作れる！俳句ドリル』『十七音の可能性』『文豪と俳句』『室生犀星俳句集』など編著書多数。岩手日報・山陽新聞選者。俳人協会新人賞、俳人協会評論賞など受賞。2018・2021年度のEテレ「NHK俳句」選者。角川俳句賞等の選考委員をつとめる。公益社団法人俳人協会評議員。

編者略歴
西原天気（さいばら・てんき）

1955年生まれ。句集に『人名句集チャーリーさん』（2005年・私家版）、『けむり』（2011年10月・西田書店）。2007年4月よりウェブサイト「週刊俳句」を共同運営。2010年7月より笠井亞子と『はがきハイク』を不定期刊行。

音数で引く俳句歳時記・夏

2023年5月3日　第1刷発行

監修者　岸本尚毅
編　者　西原天気
装幀者　間村俊一
発行者　碇　高明
発行所　株式会社 草思社
〒160-0022　東京都新宿区新宿1-10-1
電話　営業 03(4580)7676　編集 03(4580)7680

本文組版　株式会社 キャップス
印刷所　中央精版印刷 株式会社
製本所　大口製本印刷 株式会社

ISBN978-4-7942-2653-2 Printed in Japan　検印省略